GAEA

GAEA

因與聿案簿錄 七
雙生
ふたご
護玄——著

雙生

因與聿案簿錄 七

目錄

人物介紹

虞因
大學生，有自然捲，髮色大多時間是褐色的(萬年染色款)。性格愛玩有點衝動，經常和同學出入夜店與夜遊，不過遇到正事時又很沉得住氣。有陰陽眼。
少荻聿
高中生，黑直髮紫色眼睛。皮膚白皙，有外國血統。因為家裡發生滅門慘劇受到很大打擊，變得不願／不能說話，但是個性細心，在語言方面很有才華。

虞佟
阿因的父親。警員，黑髮娃娃臉(有著高中生般的面孔)脾氣非常溫和，擅長烹飪，因為曾經重大車禍關係所以視力衰弱。
虞夏
虞佟的雙生兄弟，阿因的二爸。警員，脾氣非常暴躁但辦事效率極佳，指著他叫小鬼必定會被揍。目前在刑事組任職，幾乎整年都在跑現場查案。
嚴司
撈過界的法醫，暫時到本市警局支援法醫工作。興趣是遊玩人間，不過經常加班趕工沒得玩。

你就是我。
我就是你。
從出生開始，一樣的面孔，近乎相同的存在。
但是爲什麼我們無法如同自己一般而動？
鏡子中倒映出來的是兩個人，並非一個人。
光投射後黑影擴散成無數個。
所以我們並不相同。

他的記憶向前翻頁。

那是近乎二十年前的事了。

「我懷孕了。」

和他關係相當好的女孩在畢業典禮那天這樣告訴他：「我家人會打死我的，救救我。」

女孩可說是全校男生心中夢寐以求的女神，溫柔、聰明又美麗，只要她肯一笑，便有整堆整堆的男生願意為她做任何事。但是，那時也許不包括自己。

她就站在他面前這樣說著：「拜託你了。」

於是，他點了點頭。

「我們結婚吧。」

然後記憶又前進了好幾年。

他的兄弟在警校畢業後進入了地方分局，他則通過特考跟著踏上了相同的職業之路。

美麗的妻子以及活潑的男孩住在他貸款買下的小公寓裡，妻子在家工作兼帶孩子，天天等他回家。爲了不給她帶來困擾，所以他也學著打理家中各種事情，每次詢問著鮭魚或其他食材要怎麼煮才美味的時候，局裡的歐巴桑都會瞪大眼睛稱讚他是好先生。

每個同事都羨慕他們這一家，連他的兄弟平常沒事幹時也會鑽進他家玩小孩，順便享受這種溫馨的感覺。

他們是雙生子，有著一樣的面孔，有時連自己的小孩都會對著他弟弟叫爸爸、對著自己叫叔叔。

他一直認爲除了家庭之外，就屬兄弟最重要，美麗的妻子也認同這樣的想法，所以他們之間的相處一直都比任何人好。

直到那一天，他在難得的連續假期帶著老婆、小孩出門渡假時，在半路上車子煞車失靈，而就這麼剛好，有輛違規的拖板車失速撞上了他們，更不幸的是，出動的救護車和救援人員被小車禍造成的塞車堵在車陣中。

夾在車裡的妻子硬是把小孩給推出了破碎扭曲的車窗，而後在等不到救護車的狀況下因失血過多而當場死亡。

他的腳也是從那時起開始不能久跑、一眼視力減弱到原有的一半，於是被調往行政組。

那已經是很久之前的事情了。

可能連那孩子都已不太記得。

□

他稍微還有一點印象。

那天早上的狀況是這樣的——

一如往常、沒有任何異狀，早晨六點多，荷包蛋在平底鍋中滋滋作響，空氣中瀰漫著麵包的香味以及電視機傳來的新聞播報聲。

沒什麼不同，一分不差的相同景色。

他下樓時，廚房中忙碌的身影正如往常地在打理著全家的早餐，熱騰騰的食物在爐上冒著白煙，即將完成。

每天，都應該會是這樣地開始，然後過去。

再令人熟悉不過的日常生活。

虞因看著這個自小生活的房子，在屋主整理下，雖然屋齡已十多年，卻依然乾淨嶄新，屋裡每樣東西都收納得整整齊齊，就連灰塵都看不見一丁點。

在更早之前，他們原本是一家人在這生活著。

一家三口，如同很多人口簡單卻溫馨的家庭一般，不怎麼特別，不怎麼突出。

記憶中已經印象模糊的母親是個同樣擅長廚藝的美麗女性，有著天然的長鬈髮，每道波浪都閃耀著美麗的烏亮光芒。他經常坐在廚房的椅子上，看著纖細的背影使用各種鍋碗器具，束起的髮像是跳舞般在身上擺動，然後是難忘的香氣，有時候是蛋糕，有時則是甜糖。

那是很久很久之前已快被遺忘的記憶，之後被新房子取代，泛黃的相片連同幼時的一切，只佔據了書桌上不到二十公分見方的範圍。

「早。」

打了個大哈欠，虞因睡眼惺忪地抓了抓蓬鬆亂翹的頭毛，繞進廚房開冰箱找東西喝。

那天早上他所見的第一個異狀，就是站在廚房裡的人不是平常該站在那的人，所以當他灌進牛奶一轉頭時，差點把口裡的東西全噴出來。

「二、二爸？」他清醒了，他眞的徹底清醒了。

有什麼比一大清早看到這個人在這裡做早餐還要令人驚悚？

「一大早空腹不要喝冰的。」掌廚的人拿著手上的盤子輕輕在虞因頭上敲了一下後，轉回去把鍋上的東西盛好裝盤。

「大爸，別嚇我。」之所以馬上就可以認出掌廚的是大爸，是因爲他家二爸的勸導方式肯定是把盤子往他頭上砸而不是這麼溫和的方式。虞因吐了口氣，打量了自家老子今天特別的穿著——T恤、牛仔褲，上面甚至還有某次追捕犯人時擦破的痕跡，這些是另一個人的衣物，不是他大爸平常穿的襯衫。

「二爸又闖禍要你去挨罵喔？」打量著內容物明顯與外包裝不同的人，虞因竊笑了下。

有時候會出現這樣的事。

拿下眼鏡換上隱形眼鏡，髮型撥了撥之後，就幾乎完全和他的雙生兄弟相同，只要不說，就連身爲兒子的虞因有時也認不大出來誰才是親生父親。

他家大爸會變換樣子大多只有一個原因，就是虞夏因爲某些事，例如上頭要叫人去罵，但是他又要出非去不可的任務時，就會出現這樣的情況。

虞夏去見上司時，虞佟替補上任務的空位。

虞佟去見上司的話，虞夏就照常出任務。

至於誰填補哪邊的空缺，就沒人知道了，連跟隨虞夏多年的小隊員也不能分辨。

雙生兄弟的配合度和刻意相似度遠超過一般人分辨得出來的範圍。

雖然同僚們明知道不可以這樣，不過大多都睜隻眼閉隻眼，有時玖深還會假惺惺地買了水果說要去虞家探病而在上司面前晃一晃，然後上司一離開，就把水果削皮打汁作點心。

這是眾所皆知的祕密。

「你快遲到了，還不去整理。」

看了正在竊笑的自家小孩一眼，虞佟露出非常非常溫和的笑容，不過微笑當中也含著「如果遲到你就死定了」的意味。

虞因一秒後馬上閃出廚房。

女主人死後，他們就過著這樣的生活。

對了，似乎也是在類似這樣的某一天，他家加入了第四個人。

在一如往常卻又特別不同的那個日子。

他張開眼，從睡夢中醒來，想起了這些事。

深夜時分偶爾會聽見救護車的聲音自窗外呼嘯而過，一般人頂多發發幾句牢騷後即翻身再睡。但自他懂事以來，他就學會猜測那輛車上會不會是自己認識的人或是什麼案件中又牽涉其中的人，偶爾會一夜無眠。

於是就這樣，天亮了。

1

「下一則報導，您有多久沒出去玩了？在風災之後，東部旅遊區已逐漸開放……」

上午時間，集合廳內還沒有多少人。

長長的大桌邊有著二十張椅子，現在全都空蕩著。

一旁布告欄上貼滿了紙張與相片、列印圖片，或者寫滿了一些需要大家留意的文字。

通常進局裡後，他們都會習慣性地在這瀏覽一遍，每天都會有新的資料貼上、舊的取下，會公開的事件都不太嚴重，部分還是慣竊之類的通緝單。

他就站在這地方，把所有資料都印入自己的腦袋，然後完成每日早晨必行的事之後，就整整手上的公文，打算走回自己的工作區，再把這些資料整理清楚。

「老大，你這次糗了。」

叼著半塊消化餅，揹著包包才剛踏進大廳的玖深，立即看見一大清早就在這邊的人，難得有心情地晃過來閒聊，「聽說今天上面找你訓話？」

「你如果吃飽太閒，就馬上去把欠我的東西弄出來，不然一秒後糗掉的會是你。」盯著最新一份列印單，虞夏頭也不抬地發出了警告。

「噗——」差點被餅乾嗆到，玖深連忙退後點頭，「祝好運。」

在這個地方，大家都知道虞夏是近幾年來最被看好的員警之一，破案率高、工作能力強，甚至比別人投入還要多的心血專注在自己帶領的隊伍上。

但是，對上頭而言，壞事的「效率」也是一等一的。

最早時，虞夏原本有著非常好的前程，根據他以往的功績以及認真態度，照理說應該在許久之前就已經晉升或者換上個更優渥的職位，把前線留給年輕一輩、退居於比較舒服的職區；但是在許多年後，就連他的學弟妹們都已經升職，他卻一點升遷也沒有。

很久之前，就在某一年，當大家猛然發現他不買帳、堅持把某議員勾結包商拿取回扣、因而間接害死一家人的事情徹底查清時，事情已經鬧得非常嚴重而無法收拾了。

這件事掀起了驚濤駭浪，所有人都被盯得非常緊，直到時間久了，事情淡卻。但是從那次開始，各方都已經把虞夏跟麻煩劃上等號，某些單位甚至會拒絕幫忙和虞夏有關的案子，就怕因為他而惹惱不少人。

不過，回到他的工作態度上，那些耀眼功績同樣無法遮掩，雖然有不少人士想將虞夏徹底逼離這個地方以免擋路，但是因此出力保他的人也不在少數。

虞夏也記不太清楚為什麼了，反正大概就是在某件案子裡可能又幫了某人吧，所以暗地裡多少還是會有人藉此回報他。

除此之外，討厭虞夏的人在心底對他多少還是有點忌憚，畢竟人不可能永遠安全的，如果哪天有人對自己不利，能在第一時間找到所有可能線索的死警察，和必須花上很多時間才能找到甚至仍找不到的奉承者，他們還是比較希望有前者幫忙。

所以這個人就在這種矛盾又無法處理的狀況下，被留在這個位置、配上自己的小隊繼續工作，沒有任何升遷、獎賞，就算共事的人心中都明白這不公平，卻也沒辦法說出來，沒有能夠爭取的空間。

時間就這樣被耽擱了下來。

不過，對於虞夏本人而言，他並不是很在乎所謂的升遷，反正目前的工作屬性與他相合，他也不會拒絕這條算是人家勉勉強強吐出來給他的生路，人照抓、事照惹，他依舊選擇走自己認定的那條路。

比起坐在辦公室裡，他的確比較喜歡外勤，就算有很多人背地裡詛咒他哪天遭到槍擊也無所謂，反正風險一定會有，更何況他也不是沒被槍擊過。

經過了幾年漫長的磨合期，虞夏的直屬上司們胃部也鍛鍊得越來越好，也或許是因爲中間還卡個後來安插進來的虞佟，總之這個有能力的下屬變圓滑了點、忍耐度也高了點，但是眞的太過分到無法忍耐之際，虞夏就免不了會有今天這樣的狀況了。

「那個重要人士的兒子有嗑藥，驗出來的結果……」偷偷塞了份最新檢驗報告給虞夏，同樣是默默在後面支持的玖深這樣低聲地告訴他：「老大，要不要幫你打通電話給小吳？」

小吳是他們認識的某報記者，做人還算公正，幾年前幫警方找到一些線索破了案，同時也用報導巧妙地引出凶手，所以跟他們的交情也算不錯，有必要時他們多少會互相幫忙。

「不用了，我有辦法對付他。」接過玖深手上的報告，虞夏點頭示意，他當然知道這可能是玖深自己加班趕出來要讓他反將別人一軍的籌碼。

「謝了。」

事情是這樣發生的。

就像連續劇中偶爾會出現的情節，幾日前有人報案說汽車旅館中發現有女性陳屍在房裡，追查之後發現涉案者居然是某議員的兒子。也不管對方的勢力到底有多大，總之虞夏先把想要湮滅證據又不配合的人揍了一頓，接著依照慣例，引起了議員的震怒，事情幾乎鬧得一發不可收拾。

事情很快就鬧到整個局裡都知道了，雖然只是虞夏數不清的麻煩事件裡的其中一件，但這次似乎影響到高層的升遷，所以壓力重重地施加下來，虞夏的直屬上司再度胃病爆發，指定他今天早上進辦公室好好「談談」。

這也就是為什麼今天一早玖深會看見他在這邊，而不是照先前計畫去布置收網行動。

他明明記得今天好像有很重要的工作……

「老大，你還是小心一點，大家都在說那傢伙找了很多人要對付你。」雖然知道虞夏心中一定有底，不過玖深還是不大安心地提醒。

「我吃飽等他來。」當然知道別人絕對會對付他，虞夏露出了在同僚眼中看起來根本是有點噬血的笑容。

默默地在心底幫將來找碴的打手們默哀了一下，盯著虞夏的側臉，玖深把手上的包裝袋拋進垃圾桶，裝作閒聊似地開口：「對了老大，你不是九點一定要行動……」他看著手錶，上面指著八點半，也不知道出發到現場要多久時間。

「有人先過去了，如果老頭過五分鐘再不出現，我就準時到現場。」虞夏丟了兩句話給他，把玖深的好意放入資料夾裡，「沒事的話快滾去工作！」

縮了縮脖子，玖深指指布告欄，「看完就去。」

隨便應了聲，虞夏轉身走向了電梯。

習慣性翻了翻上面貼的紙張，也沒記進去多少的玖深，盯著一張已經放了很久的A4紙，上面是某個監視器中印出來的人影，有點模糊不清，是附近一帶的超商慣犯，很年輕的男性，看起來二十多歲左右，因爲戴著棒球帽所以長相看不大清楚；他記得這傢伙每次都是偷些書報、食物等日常生活用品。

這件案子最近會再度受到注意，是因爲他開始往民宅發展了，前幾日發生竊案，在大樓監視器中發現他的影子，目前正在搜尋。

不過，這不在他的負責範圍，他的工作是支援重大案件的鑑識，他記得這應該是另一組同僚負責的。

但不曉得爲什麼，玖深對這個人感到很好奇，畢竟這傢伙第一次犯案被注意到時已是兩年前的事情了，居然到現在都沒能抓到他，實在相當不簡單。

其實也不是沒有嫌疑人選，不過調查後因爲時間或地點的不符，於是一一從名單中刪除了，直到現在還沒有人知道他是誰，唯一的線索就是這張紙上模糊不清的面孔。

雖然很有興趣，不過還不到非玩不可去跟別人討案子來處理的地步，於是玖深聳聳肩，希望遲早有天某個同僚可以抓到這個神祕小偷，讓他一解好奇。

半出神想著時，某個音樂聲傳來，玖深才意識到那是自己的手機鈴聲。

「我是玖深——」這種時間誰心情那麼好打電話給他？瞄了眼時間，快九點了。

「嗯、現在可以過去，地點是……」聽著手機那頭傳來幾近驚恐的聲音，玖深越聽臉也跟著越鐵青，「等、等等……不可能啊，老大他剛剛……」瞪著剛剛人才站著的地方，他語塞了。

手機彼方再度傳來嚷嚷聲。

他的腦袋一片空白，幾乎聽不進對方在吼些什麼，只知道手機那端不斷傳來巨大的警笛聲以及救護車聲音。

那是這天早上唯一不對勁的地方。

□

「時間。」

上午八點十分，他們再次對了一次指針與數字。

「誰的手錶電池又忘記給我換的，最好馬上去給我弄到新電池，不然就等死。」他的聲音一落，四周或耳機裡就傳來幾個輕笑聲。

坐在車裡，虞夏盯著不遠處的小公寓。

就外表而言，是非常普通的地方，有點年代的老舊公寓大約有二十年以上的屋齡，牆外的油漆不曉得什麼時候重新粉刷過，雖然不顯太舊，但也沒新到哪去。生鏽的公寓信箱上還貼了招租傳單。

公寓旁也有幾棟不相連的類似公寓，可能是在差不多時間蓋起來的，中間都隔了段可供一台車通過的距離，部分已經被用戶拿來違法堆置雜物。

他盯這棟公寓已經有三個月了。

敲著手腕上的手錶，虞夏數著一分一秒過去的時間；對象過於狡猾，以至於他們一直不敢輕舉妄動，花了三個月的時間，終於可以在今天收網，對他來說算是件很幸運的事——他們追這票人起碼已經一年，所以三個月的等待已經算短了。

一想到等會兒可以先送目標一拳，虞夏舔舔唇，心情稍微好了些。

「阿義怎麼還沒好？」坐在駕駛座上的人朝後照鏡瞄了一下，沒見到先前因爲肚子痛而跑去附近借廁所的同伴。

虞夏看了他一眼，然後調了對講機，目露凶光地開口：「廖義馬，兩分鐘後你再不出現，我就親自把你塞到化糞池裡！現在開始倒數！」

後座幾個重裝準備的同僚不約而同地噴笑出來。

耳機那端傳來某種哀號聲，讓幾個人再度笑了一小段時間。

盯著時間，虞夏有點出神地想著九點時的事，以至於當某個人倉皇跑回來敲他車窗時，他並沒有立即注意到，是旁邊的人拍了他，他才回過神來。

搖下車窗後，外面有張笑得很尷尬的熟悉面孔。

「阿夏，不好意思，早上的豆漿肯定有臭酸……」憨厚的笑容幾年來從未改變，和虞夏幾乎是同期畢業進入警局工作的廖義馬抓了抓頭，臉上還掛著急急跑來的慌張。

「以後工作不准喝豆漿！」

幾乎是無理的要求，不過已經很習慣對方直衝的性格，也不覺不悅，警員依舊笑了笑，「那我先回去蹲點了……」

「你的錶呢？」注意到對方手腕上缺少物件的虞夏，冷不防打斷他未竟的話。

「咦？大概是忘記在剛剛借我廁所的那家店。」連忙在身上翻找了下，但還是啥也沒找到的員警開始有點緊張。

身為隊長的虞夏很重視時間觀念，相處久了大家甚至都知道他的錶會調快十五分鐘，只在出任務時將時間調回正常。平常時他不管大家戴不戴錶，但是工作時，尤其像現在，便會近乎嚴格地要求他們身上一定要有一支錶。

當然也知道這點的員警在全身上下都翻遍竟還是沒找到手錶時，冷汗開始從他的背脊冒出來了。

「死定了」這三個字直接浮現在他腦海裡。

出乎意料之外，虞夏並不是把拳頭砸在他臉上，而是拿支手錶往他臉上拍，「馬上給我滾回你的位置，回去之後我再找你算帳！」

拿下臉上的錶，員警發現這是虞夏平常掛在手上那只，不過似乎有點問題，他手上戴著的是另一支類似的款式。

「要不是我今天下班要拿錶去修，你就真的該死了。」虞夏再度給他一記警告。

連忙道謝後，感覺今天逃過一劫的員警抓著那支錶匆匆忙忙跑回公寓裡……他的位置就在小公寓裡，早上他們把公寓樓梯下的小倉庫清空後充作臨時點，唯一的遺憾就是裡面沒有廁所，而且他們是兩人一組，所以有點小擠。

看著人都就位之後，虞夏繼續算著時間。

他還在等待。

根據這期間以來搜集到的情報，今天九點後會再有另一幫傢伙來這邊會合，屆時就是他們最好的動手時機。

所以他還在等待。

時間一分一秒過去了，就在第四次例行回報之後，虞夏猛然驚覺應該要回報的公寓點並沒有傳來回報的聲音。

試圖叫喊幾聲都沒反應，他真的發現不對勁了，如果只有一個人就算了，但是他們是兩人一組，沒道理都沒回應。

各哨點上的所有人手開始感覺到可能發生了什麼問題，但是公寓靜悄悄地，不像出了什麼事，甚至連點聲響都沒有。

「原地待命。」讓其他人在原地等待之後，虞夏小心翼翼地接近那棟公寓。

所有人都聚精會神盯著那棟建築物看著。

指針不斷地往前推移……

直到從公寓頂樓傳來的一聲槍響，撕裂了這份詭譎的靜謐氣息，所有人都驚呆了。原訂計畫已無法執行，大批警力立即按照原本規劃好的路線衝入公寓以及留守在外包夾。

像是不給他們喘息時間，還沒來得及衝入公寓，就在眾人目光下，八層樓的舊公寓頂樓上有什麼晃動了一下，接著黑色的大型物體便雙雙從上面掉落，落地途中似乎還撞上了些東西，最後才砸在下方的小轎車車頂上，發出了轟然巨響，同時把所有錯愕的人都震回了神。

血液從車頂上慢慢蜿蜒而下，像是扭曲的絲線般吃入了裂開的窗戶、變形的車體中，碎片與暗紅的顏色混在一起。

落在地面的人臉部朝下，整顆頭顱以非常淒慘的方式直擊地面爆裂開來，身體各部位扭成不自然的角度，一動也不動。在員警趕到前，只反射性地抽搐了幾下，最終安靜了下來。

落在車頂上的人臉部仰望著天空，像是絲線斷裂的人偶般，無力支撐起自己，已經無法感覺到碎片在自己身上割裂多少傷口、流出多少血液，睜大的眼睛慢慢失去神采，最後失去全部的意識，緩緩地閉上……

今天無風，天氣很好，是適合抓人的日子。

出發前，虞夏這樣告訴所有人。

「媽的！」第一個衝到現場的，是剛剛還坐在虞夏旁的駕駛，他驚恐地看著眼前不應該有的畫面——他家老大還執著抓著犯人手腕的手慢慢失去力氣，任由對方滑落、啪搭一聲，印有深深指痕的肉體掉在不知道是誰的血泊裡。「我、我幹……救護車！快叫救護車！他媽的誰快點去叫救護車！」他的吼聲聽起來像蚊子叫一樣，不斷發出的聲音像從遠方傳來。

老舊公寓的四周開始騷動了。

駕駛站在原地，無法上前確認他家老大的生死，也無法移動腳步踩上自己認識的人不斷滴落的血水。

他就杵在原地，直到認出虞夏手腕上那支手錶其實應該是他雙生兄長的，某一年他們過生日時，局裡弟兄合送了一款超耐摔、防水、耐打，同時也很昂貴的手錶給他們，虞夏很中意，所以除了維修外，從不曾拿下來。

現在那個很恐怖但是他們又很尊敬的虞夏，就躺在已經變形凹陷的車頂上，手腕上那支應該屬於別人的錶，受衝擊力道所撞裂。

暗稠的血液開始覆蓋他的身體。

這是那人第一次覺得眼前這個領導者看起來其實並沒有他們想像中那麼巨大。

然後，救護車來了。

那是這天早上唯一不對勁的地方。

□

看著餐廳裡排滿的人龍，虞因打了個哈欠，決定把午餐時間延後，反正，午休時間過後人就會變少，沒必要在這邊人擠人氣死人。

早就被洗劫一空的校內超商正重新把貨物上架，不過如果不是眞的餓到快沒命了，他還眞不想選擇微波食物。

估算著身上的零食，應該還有幾顆巧克力球吧……

「蛋包飯。」

微熱的飯盒直接從後面遞過來，正在想著要怎樣處理自己肚子的虞因嚇了一大跳，連忙回過頭。

「還是你比較喜歡咖哩飯？」不知道什麼時候來到他身後的一太抬了抬手，手上掛著一大袋飯盒，起碼有十一、二個。

「你出來跑腿？」虞因錯愕地看著眼前這個人。

暑假時因爲民宿事件，所以他和對方混得更熟了，在還沒多接觸之前，他就已經知道對方在學生之間有很大的影響力，照理說跑腿買便當應該不會是他的事情……搞不好只要他開口，不管什麼午餐都會有人弄出來，所以在這裡看到他跑腿買便當，眞的讓人訝異。

才剛這樣想，匆忙的腳步聲就從走廊另一側傳來，接著虞因看到比較相熟的阿方帶著一種很驚恐的表情跑過來，劈手就把那袋便當搶過去。「你爲什麼跑來買便當？」三分鐘前才從別人那邊聽來消息，從大老遠的籃球場跑到這邊來的阿方滿頭大汗地問道。

與身旁兩人相比，顯得非常悠哉的一太用一種再平常不過的語氣回應：「出來散步，路過時心想你們也差不多該要買飯了，反正也不太難買，有人讓位置給我，很快就拿到了。」

虞因和阿方幾乎同時轉過頭，看著人幾乎滿到快把窗戶撞出來的餐廳，裡面有幾個人對他們這邊揮手打招呼，還有排隊的人大聲問要不要再幫忙買之類的。

咳了一聲，虞因修正他剛剛的想法，原來插隊還可以這麼正大光明還不受怨恨的。

「你怎麼知道我們有幾個人？」數著便當盒，阿方注意到數量多了點，「今天打球的只有十個，多兩個……」

「虞因，還有我。」比比自己，一太微笑著說：「十二個。」他的話非常肯定，就像早已算過人數一樣。

從袋子裡又抓出一個飯盒塞在虞因手裡，阿方連忙掏著自己的褲袋，「多少錢？」

「晚上請我吃晚餐抵掉就好了。」

看著一太打發掉阿方之後，虞因在對方轉回來後才道了謝：「明天請你吃中餐抵掉？」

他終於知道爲什麼老是有人請這傢伙吃飯了，原來是因爲有來有往。

「三班有個人明天要請我，我沒辦法一次吃兩份，改天吧……而且你明天應該不會在學校。」拿著飯盒，和虞因並肩走出餐廳，步伐不快也不慢地筆直往校園涼亭方向走去。

這次換虞因好奇了，「我明天滿堂欸。」他這學期特地把課集中在兩、三天裡，其他時間都空出來打工多賺點銀子，打算在寒假找小聿再次計畫去哪邊玩，彌補暑假的損失。

「不知道，有這種感覺。」沒有多做解釋，一太依舊給他莫名其妙的答案，「或許今天下午就不在……」他後面這段話聲音相當低微，所以走在旁邊的人幾乎完全沒注意到。

暑假過後，虞因學到的另一件事就是不要問這個人原因和理由，因爲百分之九十九什麼也問不出來，只會讓自己問號越來越多。

「對了，聽說最近學校附近很多超商都出現了小偷，有些學生宿舍也遭竊，你如果住在學校附近的話，進出家裡門鎖要小心一點喔。」出於好心，虞因提供今早才從李臨玥那邊聽來的八卦。其實也不算什麼最新消息，大概在暑假之前，學校附近就已經陸續有商店報案出現了連鎖竊盜的小偷，大多都是偷日常用品。

開始偷宿舍和住家，則是最近發生的事。

虞因私底下偷偷向虞佟打聽過這件事，也僅只知道應該是同一人幹的，只是對方不會做傷害人命或是對女孩子不利的事情，目標只有財物而已，這點倒是讓人比較安心。

要知道，學校附近的宿舍裡獨居的女生多不勝數，眞發生事件的話，實在讓人不安。

「謝謝。」沒有多說什麼，一太向他點點頭。

回頭想想，搞不好小偷找上一太算他倒楣，虞因可沒忘記在民宿時旁邊這個人怎樣奉送回禮，而且不管對方是死人還是活人都不在他的顧忌範圍中，他只默默幫那小偷祈禱，希望對方不要眞的那麼不長眼自找死路。

猛地，一太停下了腳步。

「怎麼了？」感覺莫名其妙的虞因回頭看他。

「沒事，我想起有點事，改天等你午餐。」朝著虞因這樣說著，一面像是在思索什麼事情的一太仍然帶著笑容，很快便向他道別了。

虞因滿頭霧水地看著對方加快步伐的背影消失在走廊階梯那頭，回頭看了下其實已經就在旁邊的小涼亭，不知道他爲什麼會舉止這麼突兀。

不過，其實這樣也好，眞的和一太在這邊泡上整個午休他也會很窘，要聊天還是說什麼感覺都很奇怪，所以他跑掉之後虞因感到自己好像鬆了口氣。

抓抓頭，他在空無一人的涼亭坐了下來。

最近大爸跟二爸不知道在忙什麼，所以在他暑假結束回到學校之後，小聿大多寄放在黎子泓或嚴司那邊。而小聿似乎也對這樣的安排沒什麼意見，畢竟嚴司和黎子泓不管是家裡或是工作的地方，都有大量的書籍可供閱讀，只是那些書的艱深度讓虞因看到後馬上放棄，他怎樣都搞不懂看起來小小一隻、年紀還不怎麼大的小聿怎能理解那些該死的天書。

估計今天的課會在三點結束，虞因打算載小聿去市區一家最近新開的小餐廳。

聽女生們說那家店有不少便宜又好吃的小點心，包括果凍和各式創意布丁，他想小聿應該會很有興趣。

暑假時受的傷在小聿的掌心上留下了難看的疤痕，那個切屍體的嚴司說再過一段時間就會退掉了，也不知道有沒有唬爛，想想還是遇到時再問清楚好了。

嚼著不怎樣好吃的咖哩飯，正想些雜七雜八事情的虞因猛地停下動作。一股像是針刺般的疼痛扎進他的眼睛裡，莫名而來的刺熱痛楚直接讓他捂住眼睛。

奇異的疼痛只有短短幾秒鐘，不過那幾秒內，虞因的視線像是被人潑了桶墨般，陷入了絕對黑暗之中，連一點光線也無法透進。

就像突然來襲般，也突然退去。

按著眼皮，虞因好一陣子才反應過來，第一眼就看見自己的湯匙掉在地上，沾上一大堆灰塵和泥土。

模模糊糊的視線中，他似乎看到一些影子在涼亭邊晃動。

在四周完全清晰之後卻又什麼都沒有。

怪異的不安從心裡莫名的角落浮上，卻不知道爲何而來。

「奇怪了……」

虞因看著飯盒，突然吃不下了。

今天眞的有點怪怪的。

他這樣覺得。

2

下午一點半，虞因的手機在課堂上響起。

在教授白眼和同學偷笑間，他一邊暗罵自己忘記改震動，一邊走出教室，上面顯示來電者是嚴司，據說今天他值晚班，所以把小聿寄放在那邊。

不過這個時間他打給自己幹嘛？

「嚴大哥？」在教室外停下腳步，虞因疑惑地接通了手機。

「你下午方便來接小聿嗎？我臨時有工作。或是我寄放在朋友家，你放學再過去接？」

「咦？現在嗎？」

「嗯……很重要的工作……」

嚴司的語氣聽起來怪怪的，和平常那種從容中順便玩他的悠哉感截然不同，似乎發生了什麼事。虞因皺了下眉，「我現在馬上過去，發生什麼事了嗎？」

「沒事，你大概多久到？我剛剛有跟餐廳叫東西，你們吃完再走。」手機那端傳來像是在整理東西的聲音，嚴司回頭向家裡的人說了些話，又轉回來，「十分鐘後我要出發了，鑰匙留給小聿，你們想回去時再幫我鎖門。」

「大概二十分鐘左右吧。」……如果飆快一點應該可以，虞因轉頭向教室裡隔壁座位的阿關打了個手勢，要他幫自己收東西。

「OK，那我晚五分鐘走，你不要騎太快。」似乎知道他在想什麼的嚴司這樣說著，然後通話就斷線了。

聳聳肩，虞因進教室後向滿熟的教授請了假，提起背包，快速往停車場方向跑去。

剛剛嚴司的聲音好像有哪邊不對勁，不過也說不上來，或許是工作上比較疲累一點吧？等等過去再問問小聿知不知道發生什麼事好了。

邊思考著，在虞因打定主意抬頭後，他連忙煞住腳步。

在他往停車場的路上，不知道什麼時候多了幾個晃動的模糊黑影，接著他眼睛一熱，像是有什麼東西刺進去一樣，隱隱開始發痛。

虞因揉了幾下眼睛，在發現越揉越痛之後勉強停下手，看著那些距離不明的影子慢慢在空氣中淡出，接著消失不見。

那些影子讓他有種莫名的熟悉感……他是不是疏忽掉什麼事情？

「算了，先過去再說。」等到眼睛刺痛好點之後，虞因才匆匆走到了摩托車邊，把東西丟進置物箱後發動車，直接往嚴司的住所過去。

跟認識的管理員點頭招呼後，虞因發現大樓內上面貼著招租廣告的信箱越來越多了。水塔事件之後，部分住戶對於水塔內曾有屍體一事感到毛骨悚然，租約期滿後即馬上退租。像嚴司那麼鐵齒的人果然還是不多見。

其實在那事件之後，這邊曾舉行過招魂和超渡法會，他也曾出入大樓幾次，都沒有見到那些亂七八糟的東西，所以應該是不再有問題，不過一般人大概還是難以接受吧。

想著這些有的沒的，很快地電梯門就在嚴司所住的那層樓打開。

不曉得是算好時間等他還是純屬巧合，在虞因想要按下電鈴的同時，大門也開了，站在門內的小聿眨著眼睛盯著他看了一下，才讓人進門。

「嚴大哥有沒有說是啥工作急著出門啊？」跟著走進房裡，虞因看見客廳的投影布幕被拉下來，上面有靜止的電影格，估計他們應該是在看電影時被打斷了。

小聿搖搖頭，指著桌上的餐盒，旁邊還散落幾張沒有拆封的電影光碟，其中幾片還是最新的藍光版本。

「金鋼狼？上映時你不是去電影院看過了嗎？」一屁股在桌子旁坐下來，虞因馬上就認出看到一半的電影是哪部。之前放假時，他拉著小聿去電影院看了首映。

聳了下肩，小聿在另一邊坐下，打開餐盒。

看他的樣子應該是想把片子看完，虞因心想難怪剛剛通話時嚴司會說想回家時再鎖門。其實這也不奇怪，他們曾多次拜訪嚴司，有時也會像現在這樣看片看到一半他臨時出門，就交代他們回家時記得鎖門，也不怕那些高級設備被他們扛走，相當大方。

桌上丟了一些零食的包裝袋殘骸，虞因順手整理整理，然後接過餐盒……說實話他已吃過午餐，不太有食慾。

他想：一太也沒眞的厲害到曉得他還會吃第二餐。

身旁的小聿聚精會神地盯著大螢幕。

跟著望向電影上主角的一舉一動，虞因突然覺得螢幕似乎開始模糊……他記得接下來主角好像會跑到一座農莊，但不曉得為什麼，在一片模糊中越來越覺得這景色似乎有點眼熟。

正當盯著電影上景色時，他突然頭一暈，強烈的耳鳴直接截斷了電影音效。耳鳴並沒有持續很久，在半秒後乍然停止，接著他感覺到似乎有人貼在他耳邊喃喃說了些什麼，冰冷的氣息吹了上來。

那人在他旁邊笑了。

□

虞因是痛醒的。

他壓根不曉得自己什麼時候失去意識，直到有人一巴掌打在他臉上，他才猛然驚醒。睜開眼睛第一眼就看到坐在旁邊的小聿，手還沒放下、另一隻手抓著自己的肩膀，平常很冷靜的臉上出現了一點點異樣的表情，在看到他醒來之後才鬆了口氣。

按著突然劇痛起來的額際，虞因甩甩頭從地上爬起來，「我暈了多久？」

「十分鐘。」小聿想了想，不太放心地又看了他一眼，然後轉過身關掉電影，開始收拾東西，回家的打算相當明顯。

「什麼鬼……」反射性地看了眼錶，虞因根本不知道自己發生了什麼事，隱約只記得片子看到一半時覺得景色很眼熟，之後的事他就不清楚了……難道他有貧血他自己不知道嗎？

隱隱約約地，虞因開始覺得有什麼地方不對勁，但是他說不上來。

整理好東西後，小聿推著他急著回家。

虞因倒也沒有違逆他的好意，確定身體狀況暫時沒事後，兩人也不再多言，鎖好嚴司家大門、下了大樓取了車，就一路往家裡狂奔。

他原本以爲這樣就沒事了。

之後仔細想想，這一天幾乎整個不對勁，好像什麼都找上門般，不管是好的還是壞的。

虞因在自家大門前停了下來，沒有像往常一樣打開鐵捲門把車牽進去。

他下了摩托車，愣愣地看著——自家變得血淋淋的大門，混合了濃重血腥味與油漆味的物體，幾乎把整面鐵捲門和外牆都染紅，地上丟了一些不知道是什麼動物的屍塊，最引人注意的，就是鐵捲門正中央被釘上的東西。

一隻被扭斷脖子、剝了皮的貓。

定了定神，虞因做了幾個深呼吸之後，才注意到貓屍旁寫了幾個大字，不過留字的人肯定是個白痴，用油漆寫完之後又潑血，整片殷紅，一時間還認不出是寫些什麼鬼東西。

說眞的，他曾看過暴力討債或尋仇時出現這種事情，但出現在他家門口就怪異了。

「我……回來……了……」

盯著那完全不顯眼的字跡看，小聿一臉疑惑地轉過來看他，「誰？」

「誰知道他是誰啊。」直覺想到應該是二爸得罪的人，很可能是哪個大哥還是堂主之類的……啊，說不定是某位民代議員；可話說回來他二爸抓過的人根本數不完，對方沒有署名只說回來了，整個莫名其妙。注意到周圍住戶出來指指點點，虞因撥了通電話給虞佟，不過一直沒人接聽，轉打虞夏的手機也一樣，他只好打給其他比較熟的員警請對方過來處理，「這樣大門就不可以開了……」仔細看了一下，旁邊的小門也遭到波及，在警方到現場之前他最好不要破壞現場。

約五分鐘後，附近的員警先趕了過來，問他們幾句話後就轉而詢問鄰居。

「有人說看見一台黑色箱型車，下來兩、三個小混混弄的。」一小段時間後，大致上問過周圍住戶，方姓員警回到虞因面前說：「你們要不要去附近飲料店坐一下，這邊採證後就可以進去了。」

虞因點點頭，看著他家門口正在拍照和把東西裝袋的其他人，「對了，莊哥，我家門口有保全的監視器，你可以去調看看……還有，你知道我大爸他們今天在忙什麼嗎？我剛剛打了好幾次電話都沒人接，玖深哥好像也不在。」

那位被稱作莊哥的員警表情一下變得有點不自然，吞吞吐吐了幾秒之後才開口：「你大爸臨時出差去了，夏老大他們在開檢討會，所以可能沒開機，玖深他們今早有個重大案件，現在應該還在現場。」

「莊哥，你講話有點心虛喔。」瞇起眼睛，虞因盯著眼前的熟人看，「我大爸出差應該會打電話回來吧？」

「呃……這個我也不清楚，我們不同組嘛……好像是臨時出去的，晚點你再問問老大就知道了。」匆匆忙忙解釋之後，莊姓員警又拍了拍他的肩膀，「你就先帶小聿去附近喝個東西，我們會快點弄好的，等會兒再打手機給你。」

盯著眼前的人看了一下，雖然覺得他態度怪異，但是虞因也不好意思再多追問，「好吧，那就麻煩你們了。」

員警鬆了口氣，又說了些話，之後就回過頭去招呼其他人加快動作了。

和小聿對看一眼後，虞因聳聳肩，再度發動了摩托車，思考附近哪家店比較方便……啊，還是照原計畫帶小聿去吃點心屋好了，反正一時半刻也回不了家，加上目前身體也沒任何問題。決定之後，虞因勾起微笑，車子龍頭往另一個方向轉去。

離開前，他似乎瞥見圍觀的人群裡好像有個穿西裝的男人，戴著墨鏡，似乎在哪邊見過，但又覺得陌生。對方的視線同樣迎上自己，不過幾秒後就移開目光，轉向了他家大門，最後消失在左鄰右舍的婆婆媽媽之間。

虞因沒多想，離開了自家所在的巷道，拋下後面吵鬧的人群，往另一個方向而去。

其他的事等晚一點他家的老爸們回來再說好了。

□

「根據初步勘驗，虞警官除了墜樓造成的傷勢之外，在救護車上急救人員發現一些瘀痕以及肩上有遭到槍擊的跡象……」

翻看著手上的筆記，一邊偷覷著所有人都快發黑的臉色，正在報告的員警縮了縮脖子，非常想把這份燙手報告讓給別人去說，也好過自己在這邊講得膽顫心驚。

在簡短的報告完畢之後，代表來這邊了解狀況的組長咳了兩聲。

「所以摔下去的是誰？」

在醫院裡臨時借來的會議室中，或站或坐了好幾個人，大部分都是早上進行攻堅的主要隊員，部分人身上還染滿了血紅，來不及換下；坐在主位上的則是臉色全黑的主管和直屬組長，嚴厲的眼神掃過所有部屬，最後停在門邊那個和開刀房裡那位有著相同面孔的人。

環著手，靠在門邊的人冷哼了聲：「我是虞夏。」

一掌重重地拍在桌上，已經開始胃痛的上司整個人跳了起來，指著虞夏破口就罵：「渾蛋！你們平常小事就算了！處理重大案件還敢這樣換人！你到底有沒有把紀律看在眼裡！」

虞夏走過去，在所有心驚膽跳的同僚面前也重重地拍了桌子，轟地一個聲響比組長還要大聲，幾乎連桌子都震動了：「該死的，如果不是你今天硬要我留在局裡聽你那些屁話，我們需要對換嗎！你明明知道今天要收網，那傢伙再不抓就又要逃了，我也警告過你八點半之前要來，我好去換回來，結果因爲吃早餐還給我遲到！你到底有沒有時間觀念啊！」

「你管我吃早餐！還有我吃早餐並沒有遲到！你曉不曉得我上班時間是九點不是六點！」又重拍了一次桌子硬要比虞夏大聲，這次上司滑坐下來，手在桌面下揮了揮。

坐在旁邊的洪姓主管咳了兩聲，假裝沒看見隔壁同僚的動作，「所以今早替你過去的是虞佟，沒錯嗎？」他想著要怎樣跟局長報告這次的行動，真是糟糕到讓人頭痛……

「對。」非常不高興地轉開頭，虞夏惡狠狠地回道。

「嗯……現在醫院外面有很多記者在等消息，目前我們對外是全面封鎖，你最好在記者取到消息之前搞清楚是怎麼回事，否則一旦爆開之後不止你有事，連同我們以及在座的各位兄弟也都會有事，你明白嗎？」站起身，洪麒唯相當認真地看著這個他們一直以來都相當保護的手下，「虞夏，這次的事情很大條。」

「……明天早上給你們初步報告。」環著手，當然知道這次事情有多嚴重的虞夏吐出了這句話，「見過我哥之後我馬上進現場。」

像是配合虞夏的話，他才剛說完，會議室的門旋即被敲了兩下後打開，一個守在外面的員警探頭進來，「不好意思打擾了，初步手術剛剛已經結束了，護士請家屬過去一下。」

「虞夏你先過去，其他人分批回局裡。」看了下手錶，離中午已經過了幾個小時，洪麒唯率先站起身，「全部寫報告過來。」

四周的員警發出了微小的哀號。

「出去時給我不引人注目，被記者抓到你們就死定了。」離開會議室之前，虞夏不忘給自家同僚們警告。

在上午的事情後，他們的小隊迅速分成了兩批，一小部分來到醫院，另外大部分則把當場逮到的人押回局裡。

虞夏當然知道他頂頭兩個直屬上司是基於擔心，才會第一時間先趕到這邊，還封鎖了所有消息，畢竟現在他還卡著另一件案子，算是非常時期，光是這點他就打從心底感謝他們。

「有事電話聯絡。」出去前，主管給了他這句話。

虞夏點點頭，快步走向開刀房那層樓，但一踏下樓梯，就見到不該出現在這裡的嚴司。

嚴司看見他的同時也愣了一下，旋即抬起一隻手先行開口：「等等，主刀那個是我學長，我只是先繞過來關心狀況，不是來工作，他們剛剛轉移病房，你跟我一起過來吧。」說著，他就走在前面，充當起領路人來。

「你應該先去看看那具屍體。」虞夏跟在他後面皺起眉，想到的是另一個墜樓者，「我以為是排給你的工作。」

「喔，路上我先請工作室的人告訴我初步狀況了。」在走廊販賣機前停下，嚴司買了兩瓶飲料，遞出其中一瓶，「還好去現場的不是我，聽說那傢伙的臉要用鏟子才鏟得起來。」

雖然只有八樓的高度，但是臉朝著地面砸下去還是很可觀的。

「……」

「根據關節受創程度判斷，他墜樓時似乎已經失去意識。另外我懷疑，他搞不好在摔下去之前根本就已經快掛了。」留意走在後面的人的反應，他頓了下繼續說：「屍體剩下的爛頭上有疑似彈孔的痕跡。」

「警槍嗎？」虞夏瞇起眼。

「不對，口徑不一樣，我聽說量出來的數據比警方配給的要大一點，很有可能不是我方開的槍，應該是第三者。暫時就是這些消息，剩下的等我回去把屍體都切過後再告訴你。」

嚴司偏頭想了想，在某扇門前停下，轉身看向同樣停下來的人，「……你還好吧？」

「沒事。」看著加護病房，虞夏深深呼了口氣，「先別讓阿因和小聿知道這件事。」

「就知道你會這樣講，所以還沒有人告訴他們，你自己想想要怎麼辦吧，尤其是阿因那傢伙，別看他蠢蠢的，某些時候還眞要命；我覺得他們應該很快就會發現了。」嚴司眞的這樣覺得，那個被圍毆的同學通靈，誰知道他會不會又從哪個奇怪的東西那邊知道什麼奇怪的事情，接著又莫名其妙從某個地方冒出來，勇往直前地揭破他們想暫時隱瞞起來的事情。

虞夏看了他一眼，然後開始把手關節折得啪啪響。

「不，我不是要你去把他打到掛。」嚴司咳了聲，拉住了很可能造就另一件案子的人。玩笑止住後，虞夏轉身打開門，穿上隔離衣和口罩進入最裡面。因爲是特殊狀況，所以醫院特地把他獨立出來。

站在床邊看著剛開完刀、還處於沉睡狀態的雙生兄弟，蒼白的面孔毫無血色，也無任何反應……他緩緩閉上眼睛。

「放心，我會找出那個人，讓你親手處理他。」

然後，他睜開眼睛，轉身走出病房。

沒料他會這麼快出來，嚴司挑挑眉，沒有說什麼。

「其他就麻煩你學長了。」伸手敲了一下對方的肩頭，虞夏轉身往電梯方向走去。直到他踏入電梯之後，走廊那端才傳來聲音——

「如果有需要幫忙的地方再聯絡我。」

電梯門靜靜關上了。

□

虞因回過頭。

從下午開始，他就一直覺得身邊好像有什麼東西，但是除了那兩次眼睛痛的異狀之外，就沒有看見任何奇怪的事物，也不曉得是不是自己太敏感。

走在旁邊的小聿輕輕地哼著曲子。

夏天以來，他發現小聿的變化越來越多，除了表情增多、話語加量之外，偶爾心情好時，還會哼哼從電影裡聽到的一些旋律；就像現在吃完一堆點心之後，原本只是聲音小小地哼個十幾秒，現在還延長到二十幾秒，不過很快又停止了。

「神鬼戰士嗎？」在夜晚熱鬧的街道上散步著，虞因也算滿愉快的，自然而然就猜起他剛剛哼的那首歌，「主角死掉時的歌對吧？」

小聿看了他一眼，點頭。

「我很喜歡，最後回到家的地方。」偏頭想了想，他有點不好意思地笑了起來：「可能是因為我覺得總有一天大爸應該會在類似這樣的地方再遇到我媽吧……或許我也可以，想著大家如果死掉之後是到那麼溫暖漂亮的地方就好了，還有你啊、二爸，這樣多好。」

對於母親，他的記憶一直都停在那個背著光的美麗背影，還有桌上那張陳舊的老相片，其他的就是偶爾虞佟或虞夏告訴他的一些事，太早離世的女主人並沒有留給過於年幼的他深刻的印象，有時候想想也挺悲哀的。

在心裡深處的記憶中，隱約有著他不想觸碰的一些回憶，反射著血紅之色的那天……

邊想著，虞因猛然發現剛剛走在旁邊的人不見了，他一個頓足回頭，才看見小聿站在上一個路口，沒有跟著過斑馬線，視線不是往他這個方向看，而是以某種連虞因都沒看過、相當可怕的表情瞪著街道的相反方向，像是看見了什麼和他有深仇大恨仇家般的反應。

下一秒，他拔腿奔去。

「小聿！站住！」看見他異常的行為，虞因也不管綠燈只剩不到兩秒鐘，直接在轉換燈號之際衝過馬路，無視眾多白眼和喇叭聲。他急急忙忙追起來。「幫我攔住那個高中生！」

小聿跑得比他想像中還快，轉眼間就拉出一大段距離，逼得他只好大喊，幾個路人錯愕地讓開路，有幾個反應比較快的，大概以爲發生搶劫，紛紛出手想幫忙抓人，不過幾乎都在眨眼間被閃過，只碰得到一點點衣角，根本抓不住人。

虞因不知道他看到什麼，只是在追人的那瞬間他又視線模糊，猛地看見了人與人之間多出來的那些黑色陰影搖晃著，更在他經過時咧開了暗紅色的縫嘲笑他，陰冷的笑覆蓋過周圍的人聲、車聲，還有他追逐的那條道路。

他逐漸迷失了方向。

等到他猛然想起並驚覺到那些眼熟的黑影是什麼之後，眼前猛地一亮，他追著小聿的腳步停在馬路中間，迎面而來的黑色房車車主用力按著喇叭，玻璃後面那雙眼睛瞪得比他還要大，彷彿對方才是受害者，驚恐地在車裡大叫。

虞因根本沒有意識，一個巨大的力道直接把他撞到旁邊，接著他像是一下子從最遠的地方被拉回來般，整個腦袋瞬間清醒，同時定睛認出撞在自己身上的小女生。

「要死了，這種事爲啥是我來做！」馬上從他身上彈起來的方苡薰甩甩頭，然後按著自己撞在人行道上，隱隱作痛的左手腕，「沒事吧？」

虞因愣愣地看著不知爲何出現在這裡的人，在路人關心的詢問下站起身，一一謝過後才把視線放在他的「救命恩人」身上，「妳……」

「噓，先過來。」方苡薰扯著人，看了看後面，接著快步穿過人群，在一陣汽車喇叭聲中往對面的街道跑去。

一到對面，虞因才發現小聿已經被另一個同樣是他們都認識的人給抓住了。

「你知不知道你後面有記者跟著？快點上車！」滕祈無視於對方正在掙扎的動作，抬了抬頭示意後面的跑車，就一把拽著小聿讓方苡薰開了車門，把人塞進去。

聽他一講，虞因才驚覺後面眞的有人跟了過來，想起自家附近可能還有沒死心的記者、外加今天下午被潑油漆的事，所以也不多考慮，直接鑽進副駕駛座上。

銀色流線型的跑車在馬路上迴了一圈，瞬間擺脫掉後面差點拍上他們車窗的人，一下子衝入了夜晚的另一端車道。

離開市區後，人車逐漸開始減少，被方苡薰壓在後面的小聿才慢慢地停止掙扎。

「喝一點。」

打開車上音樂後，駕駛座上的滕祈一手按著方向盤從容地讓車滑過了紅綠燈下，然後騰出一隻手在旁邊的公事包裡摸了罐飲料出來丟給旁邊座位上的人。

虞因拿起那罐東西仔細一看，罐身貼著梅酒的標籤，「你們上班居然可以喝酒！」

「那是她的。」滕祈比了比後座的女高中生。

「我要拿回去做梅酒果凍的不行嗎！」方苡薰張嘴用力往前一咬，沒咬到滕祈縮回去的那根手指。

「算了，我沒事了。」虞因笑了笑，把酒放回原本的地方。

斜睨了一眼，滕祈調整著後照鏡，「還眞是好久不見啊，兩位。」雖然中間多少聽聞他們的事，不過的確已經很長一段時間沒見到這兩人，原本他打算在這幾天登門拜訪的。

方苡薰在確定小聿已經不會再衝下車之後就移過身體，卡在前座的中間，「淑女救了你，該說什麼？」她推了推虞因的肩膀，說道。

「謝謝你們。」很配合地向兩人道過謝，虞因看著沒什麼人的道路，他認得出這不是回他家的路，不過滕祈應該沒有惡意，所以他也就沒開口詢問，大概是對方有自己的考量。

點了下頭，滕祈又看了眼後照鏡，「剛剛似乎有記者跟上來，我先帶你們到我家，晚點再送你們回去，需要先打電話給兩位虞警官嗎？」

「我等等會告訴他們。」虞因真的覺得今天一整天都很有問題，除了學校那些事之外，家裡還被潑血、潑油漆，連他兩個老子都聯絡不到，現在小聿還不知道在發什麼狂，他突然覺得今天眞是漫長。「小聿，你到底是在跑啥啊！」想到小聿，他才醒起要追究剛剛的事。

明明前一秒還好好的，怎麼會突然像看到仇人一樣？

「他……」小聿緊抓著跑車座椅，眼睛瞠大，向來冷淡的臉出現了激動的表情和反應。

「誰？」虞因把方苡薰的臉推開，探頭看著後座。

「拿香……的人……」

「你說賣那種香給你家的人？」虞因訝異極了，沒想到眞突然冒出他的仇人。

小聿用力地點點頭。

「那……」

虞因的話根本沒有說完，坐在旁邊的方苡薰突然發出了尖叫聲，打斷車內的談話：「前面、前面！快點停車──」

叫聲還沒停止，跑車前猛地出現一個人，燈光打在對方臉上，虞因只看見一整片慘白的皮膚，接著砰地一個巨大撞擊聲響和震動迫使車子猛然煞住，整台車打滑出去。

因爲完全沒有預料到，所以沒繫安全帶的方苡薰和小聿直接在後座摔成一團。撞到前方置物架的虞因捂著頭，只覺得整個頭因爲劇痛昏了一下。

「Shit！」用力拍了一下方向盤，滕祈打開車門走下車，裡面幾個人只看見他在前方看了看之後就往後面走去。

「怎麼會突然有人跑出來？」看著兩旁鐵門都已拉下的住家和幾乎無人的街道，方苡薰摸了摸嘴巴，剛剛的撞擊害她咬破嘴皮了。

駕駛座的車門輕輕地被打開來，接著有人無聲地坐到位置上。

「外面……」虞因的話根本沒有接下去——應該說他整個人呆掉無法做任何反應。

一團黑色的影子坐上駕駛座，在帶著路燈微光的黑暗中對他們咧開了血色的笑。

「外面什麼都沒有！」滕祈的聲音從車後傳來。

方苡薰屏住呼吸，也被嚇到了。

在駕駛座外，有更多黑色的影子面向著他們。

第一個反應過來的是小聿，一把拉開方苡薰後，他整個人探到前座，重重地把那黑色的東西推下車，可能是沒預料到他能摸到，那玩意眞的摔了出去。

察覺到車裡的異狀，滕祈立刻回到車邊，坐回原本空出的位置。

「開車！」方苡薰用力拍打椅子大叫著，她看見黑影已經快包圍車子了。

踩下了油門，跑車霎時衝出了原本的位置，把那些黑色的東西遠遠地甩在大後方，直到融入黑色的夜中。

「那是啥！」虞因用力做了幾次深呼吸，見後面似乎沒再追上來才稍微鬆了口氣。

「反正不是好東西。」同樣在拍拍胸脯的方苡薰，還有點餘悸猶存。

駕駛座上的滕祈看了他倆一眼，「打擾受驚的兩位幾秒，你們知道剛剛撞上什麼嗎？」

方苡薰和虞因同時轉向他。

「剛剛有個人……」虞因囁嚅地表示。

「我想那不是人，老實說，剛剛我並未看到任何東西。」滕祈看向後座，「小聿呢？」

眨著紫色眼睛，顯然沒有那兩個人嚇得那麼厲害的小聿搖搖頭，「什麼也沒有……」

幾個人面面相覷，安靜了。

3

最後，滕祈把車開到一棟有獨立車庫的透天厝前。

看著整車安靜的小孩一眼，他帶著一貫的微笑打開車庫門，把跑車滑進去停好，「那些東西應該不會追到這邊，大家先進來休息一下吧。」

讓所有人都下車後，他領著一群人走進大房子裡。

稍微打量了一下四周環境，幾乎都是同類型的別墅，看來應該是個小型社區。虞因重新評估了這個帶他們過來的人，然後跟上。

踏進了透天四層樓別墅的玄關裡，一開燈，虞因就看見房裡供奉著一幅他看不出所以然的神祇畫像。這幅畫給人感覺歷史悠久，泛黃著且有些古印。繪著的神應該是武神，因爲手上帶著金槍腰間佩劍，身穿烏金盔甲，身旁有猛獅，但卻意外地感覺不到凶惡的殺氣，反而有種非常肅穆與莊嚴的氣息，讓人特別在意的是圖像的那雙藍色眼睛。

「那是什麼？」指著畫像，虞因轉頭看了走進後面小吧台的屋主。

「喔，那是我們這邊的祖先。」回答他的是一屁股坐進沙發裡的方苡薰，「小聿家裡應該也有一個喔。」

虞因馬上轉向一旁正好奇看著畫像的小聿，「你家有嗎？」

疑惑地看了方苡薰一眼，小聿搖了搖頭。

「他們這一代不知道爲什麼沒有，我去查過他家，也沒見到畫像。」拿著調好的飲料走出來，滕祈順手打開音響，音樂很快便將寂靜的空間塡滿，驅逐了些剛剛的怪異感，「應該說前一、兩代也沒有。」

看了看滕祈，又看了小聿，感覺似乎被瞞著什麼的虞因摸了把臉，「你們到底是什麼關係？」看他們交談得這麼自然，他開始覺得小聿應該已經與這兩人私下聯絡過不少次，小聿不太喜歡接近外人，方苡薰就算了，連滕祈他都沒避，可見已經有某程度的熟悉。

「嗯……簡單來說，滕家跟少荻家原本就是世交，不過不知道爲什麼，這幾代少荻家脫離了。說詳細點，我母親就是其中一個被他父親殺死的來訪友人。」微笑著面對虞因極度錯愕的表情，滕祈用一種似乎是在談論別人事情般的輕鬆語調說著：「我是苡薰的表哥，基本上我們三個原本應該是一家人。」

他想，到了這時也不用再瞞這個人了。

此刻虞因的心情簡直不是「震驚」兩字可以形容的，他那瞬間只想到爲什麼之前方苡薰會不友善地向他說那些話，難怪小聿會跟她混在一起。

原來他果然還是局外人。

「不好意思，我需要吹個風。」虞因按著又痛起來的頭，剛剛聽到的事太有衝擊性了，讓他一瞬間有點五味雜陳，他現在不太想看到這幾個人。

「請便。」滕祈依然微笑著讓人走出玄關。

看到虞因的樣子似乎不大對，小聿有點擔心地想要跟上去，不過被方苡薰攔了下來，「他又沒機車，等等就會進來了，你可以考慮一下到底要不要讓他知道所有事情，畢竟你原本並不想拉他下水。」

小聿看了看她，嘆了口氣。

「外人知道越少越安全，你們兩個也知道我們要找的對象是什麼來路，如果你不希望他涉入，我們當然也有別的說詞。」遞過手上的飲料，滕祈這樣告訴他，「雖然我同樣不希望你們兩個小的也扯進這件事。」

「我們現在可是沒幹啥了喔。」方苡薰聳聳肩，「倒是你，有進展不要瞞我們。」

「那個人不是你們應付得來的，我自有打算，只要有進展，你們都會知道。」大方地微笑著，滕祈摸了摸她的頭——然後手被打開了。

小聿想了想，還是覺得不大好，放下手上的飲料站起身，走向玄關。

他覺得他應該說點什麼，剛剛看虞因的表情，讓他自己也不太舒服……

打開門後，愣住的反而是小聿了。

別墅社區中靜悄悄的，毫無人聲。

迎接他的是空無一人的寂靜。

□

公寓周圍拉起了警戒線。

「哈啾！」隔著口罩打了個噴嚏，蹲在地上掃灰塵的玖深站起身，用力拉了拉僵硬的筋骨，「這裡是有啥東西啊……」邊抱怨邊走到旁邊去拿下口罩，他從頂樓上望著下方街道。

時間近晚，在夕陽照射下，整個頂樓幾乎都變成了橘紅色，上午出事的地方就在他現在腳下的正下方，染成深色的地面還留有乾涸的血跡以及現在看來仍是怵目驚心的現場。

又打了個噴嚏，他揉了揉臉，似乎嗅到一種怪怪的味道，但是氣味非常淡，聞不出來是什麼東西。

「怎麼了嗎？」同樣在頂樓等待的廖義馬捻熄手上的菸，靠過去關心道。

「大概是過敏……哈啾！」做了個沒事的手勢，玖深看著差不多蒐證完畢的頂樓，「行了，接下來是下面的房……哈啾！靠！那個翹掉的住在哪間……」他收拾著工具箱，又走了兩圈，還是沒有其他的線索。

「六、七樓都是，七樓的浴室用來煉毒，所以整個封死，裡面還有一些走私物和槍枝，要小心一點，因爲除了死掉那個，他的同夥和交易對象還有幾個沒抓到。下午已經有其他人進去過了，還有必要再去一次嗎？」廖義馬幫忙提著東西，一面這樣問。

「多看兩次比較保險。」按著鼻子，走在前面還想打噴嚏的玖深用一種很怪的腔調講話，「你先回去沒關係，樓下還有其他人，你們不是要做個別詢問嗎？」他剛剛也接到電話通知。

「晚點回去沒差啦，現在應該還有幾個人在輪。」廖義馬聳聳肩，「反正快輪到我的話，阿銓會打電話給我。」他跟搭檔這點默契還是有的。

把整個注意力都放在蒐證上的玖深點點頭，又打了個噴嚏，然後走下公寓樓梯，「對了，你當時眞的沒看見是怎麼回事嗎？」

廖義馬嘆了口氣，「眞的沒有，那時我們的無線電好像出了問題，沒有傳出回報，因爲旁邊有奇怪的聲音，所以就和阿銓分開查看，等我注意到時，老大已經上樓了，而且還遇到那個傢伙，兩個人似乎在頂樓打了起來，我跑上來支援時，他們已經摔下去了。」

「唔，奇怪了，屋頂上還滿乾淨的說，不太像有扭打過，而且佟怎麼也沒有在第一時間回報……難道那時候他開槍了，佟身上也有槍傷，爲什麼剛剛在頂樓沒有找到彈殼？在我們來之前還有誰動過嗎？」接過自己的工具箱，玖深踏入六樓的大門。

「應該沒有。」

廖義馬就站在門邊，看著進入屋裡的鑑識員警。

在屋裡繞過幾圈，玖深開始貼在地上找別的東西，「幫我把燈關掉，謝謝。」他一邊摸著工具箱，一邊往最靠近自己的沙發底下看去。

屋內一下子暗了下來。

但是就在那一秒，轉開持燈的玖深看見沙發底部的另一端出現了半張臉。

「哇啊——！」

那瞬間，有人抓住他的肩膀把他拖開，接著一腳把沙發踢翻，轟地一聲巨響伴著大亮的燈光同時把屋內的狀況完全顯示出來。

撞在牆上的沙發慢慢滑落到地面上，發出砰地一聲，淒慘的終結。

摔到地板另一邊的玖深，只看見另一個人持槍指著剛剛的沙發位置——那裡僅有張半人大的老舊海報，他剛才看見的臉就是海報的其中一半。

還未回過神來，持槍者就直接用槍柄敲在他頭上，「下次給我看清楚再叫！」

「唉呦……」捂著爆出劇痛的頭，玖深連忙爬起來，望向不知道什麼時候冒出來的人。

「老、老大……嚇死我了，我還以爲又是什麼東西。」最近撞到不科學東西的次數太頻繁，害他精神都快出問題。

看著地上的海報，玖深呼了口氣。

啊，現場遭到破壞……算了，還是不要抗議好了。

「上面寫了什麼？」虞夏收起槍枝，看著那張舊海報，那是張競選的宣傳海報，頭都快比人大了才嚇到玖深，黑暗中猛然一看，還真的像有人在瞪著自己。

轉過頭，玖深看見一角翻過來的紙張背後上有幾個用麥克筆寫的字，和紙張不同，筆跡相當新。

「等我一下。」玖深連忙先丟下工具，拍了照片，才翻動海報，泛黃的宣傳海報單後寫著兩排字，「我看看……『W6/9:00/M837』和『12:00/M839餵狗』……啥東西？」拿起那張海報，某個東西順著紙張落在地上，他望過去，是個小小的圖釘。

「可能是其他交易地點和時間。」虞夏左右看了下，注意到沙發旁邊的門板，「這裡。」他指指門上，在與視線平齊的地方有個小洞。

「原本應該是放在那裡當便條的，怎麼會掉到沙發底下……？看樣子應該是不久後，不然不會還釘在上面……」自言自語的玖深順手把海報封裝，然後走去對著門板拍照做記錄，「啊，過敏好像好了。」他現在才注意到自己已經沒打噴嚏了。

無視於正在碎碎唸的同僚，虞夏走回門口，「你先回去。」不太客氣地對廖義馬說著：「全部人都在問話你留在這裡幹什麼！你報告寫完了沒有！」

「呃、啊，我馬上走……老大，如果有什麼發現的話……」表情有點複雜，廖義馬苦笑了一下：「拜託，我們都很想知道是怎麼回事。」

「快滾！」

「啊，這是啥啊？」從沙發原本所在地撿起了某個硬幣般大小的小東西，玖深的動作吸引了外面兩個人的注意：「應該是玻璃，圓的。」他聳聳肩，表示大概沒有什麼用，然後將撿到的小圓玻璃片放進證物袋裡。

反正多撿不如少撿，看到可疑的通吃就對了。

廖義馬收回自己的視線，「好吧，我先回去了，老大有進展要聯絡我們喔！」拍了一下虞夏的肩膀，他才匆匆忙忙地跳下樓梯離開。

盯著跑下樓的同僚，虞夏轉身和門口的員警交談了兩句，再度回到屋裡：「有什麼奇怪的地方嗎？」

玖深看了他一眼回說，「很多啊，醫院說佟肩膀上有槍傷，可在屋頂找不到彈殼——」

「阿司說死掉的那傢伙頭上有一發子彈，其他人都證實當時只有一次槍響。」打斷了對方的話，虞夏瞇起眼睛道，「我哥身上的槍傷你覺得是怎麼來的？」

「若是穿入又只有一發的狀況下，有可能是近距離開槍……當時肯定是兩個人距離很近才有那種機會，先穿透佟的身體才擊中那傢伙的頭部，又因爲力道不足最後卡在腦袋裡，扭打的話或許有可能造成這種……等等！所以那第三個渾蛋可能把我的彈殼摸走了！」玖深馬上從地上跳起來，瞬間了解爲什麼他翻了頂樓一下午都找不到東西的原因了。「奇怪，阿義說他只看到佟跟那個死傢伙啊？」

「有可能從頂樓逃向別的公寓。」看著漸晚的天色，虞夏冷哼了聲：「你先回去吧，晚點我要拿初步資料，反正這裡下午其他人也找過了，不會差到哪邊。」

「好吧。」玖深點點頭，關上工具箱，順便鎖上安全密碼。走出大門後，他想了想，又有點不放心地轉回來：「老大，我知道你現在很生氣，但是找到凶手後拜託不要一秒給他死，至少等移送之後再給他死。」他家老大現在看起來很冷靜，但這才是最可怕的地方……那個誰講的，會叫的狗不咬人，他有點怕凶手被抓到的那秒直接就可以轉送太平間了。

虞夏的回答是直接在他頭上重重地摜了一拳。

捂著頭，玖深淚奔了。

瞪著跑下樓梯的人，過了幾秒虞夏才收回視線，接著轉過頭，正好看見有人走下來。那不是警方的人，一對上目光後，對方也愣了半晌。

「這位是八樓的住戶姜先生。」旁邊的員警小聲告訴他。

「不好意思，我看電梯一直停在一樓，心想應該是有人在使用，所以就走樓梯上來……打擾你了？」穿著筆挺西裝的男人露出有些抱歉的笑容，「姜正弘。」他主動遞出了名片。

接過名片後，虞夏瞄了一眼，上面蓋著夜班經理的職稱，「虞夏，負責這案子的。你今天早上有聽到或看到什麼嗎？」

男人抓抓頭，露出相當困擾的表情，「像我們這種做夜班的平常都四、五點才睡，早上都已經睡死了，所以眞的什麼都沒有聽到或看到，很抱歉沒能幫上忙……我也和其他警察先生說過了，如果方便的話，我可以先上班了嗎？有其他問題，名片上有我的手機號碼。」

「謝謝你的合作。」讓過身讓人離開後，虞夏仔細看著手上的名片，把上面的字都背起來後直接放進皮夾。

然後，他輕輕地呼了口氣，摸了把臉。

「附近有家咖啡店，要不要在那邊休息一下。」旁邊的員警好心地提議。

「謝了。」

他現在的確需要休息，好好地把事情整理一下。

然後才有精神去揍死敢對他兄弟動手的人！

□

虞因是在一片暈眩和劇痛中清醒過來的。

迷迷糊糊睜開眼時，他看見一個模糊的人影蹲在他前面，嘴巴張張闔闔地不斷在說些什麼，過了好一會之後，他才反應過來對方是在問他有沒有事和哪邊會痛。

他記得自己應該是在滕祈家門口。

周圍燈光閃爍，幾秒之後開始刺痛他的眼睛。

「剛剛那個肇事逃逸的報警了沒——」

「同學，你站得起來嗎？」

好幾個人圍著他，四周不斷傳來汽機車的引擎及喇叭聲，噪音像流水一樣緩慢流進耳裡，讓他慢慢聽見了周遭的混亂。

他過了很久都無法理解自己現在的狀況，記憶停留在他站在滕祈家門口，他完全不明白爲什麼會突然出現在這群人之間，思緒無法連結思考，直到那一大群人裡出現一張熟悉的臉孔，他才喊了聲痛。

「阿因？你怎麼在這邊？」逛街時被人聲引來的阿方從層層人群裡擠了出來，直接蹲在他旁邊，檢視他頭上正冒血的傷口，接著轉頭看看四周的人，「有沒有叫救護車！」

幾個好心人連忙說叫了，在確定阿方是傷者朋友後，立即七嘴八舌地說著剛剛的狀況。

虞因在吵吵鬧鬧的人聲中勉強聽明白了他過馬路被機車撞到、機車騎士逃逸的事。他勉強轉過頭，看到人群中有兩個面色蒼白的小孩，幾乎透明的身體有光穿過，接著很快就消失在人潮裡。

「可以站嗎？」阿方拉了拉人，發現他身上似乎沒有嚴重的傷口，試探性地問道。

虞因動了動手腳，雖然感覺到疼痛，但還可以移動，心想應該是皮肉傷後，他點點頭，讓對方扶著自己站起來，「我……」

「剛剛有機車闖紅燈撞到你，不過還好你先被機車撞倒，不然他旁邊車道的公車也違規，被公車撞到就死定了。」不知道該說他幸運還是不幸的阿方撐著人，將他帶到人行道上比較空曠的地方。原本圍觀的人見不需要幫助後很快地散掉大半，剩下幾個依舊熱心地陪他們等救護車。

大約又過了兩分鐘，救護車的聲音遠遠傳來。

等待時，虞因慢慢回過神，才發現這條路就是剛剛他和小聿碰到滕祈他們的地方——他怎麼會在這裡？

接著逃逸的機車騎士被揪回來，只是對方也臉色慘白地嚷著他被小鬼追才會闖紅燈之類的話……

虞因深深吐了口氣，他完全無法想起自己是怎麼到這邊的，不過從他雙腳僵硬發痛的狀況來看，他至少可以肯定自己是無意識走過來的，只是不知道爲什麼。

在阿方和路人的幫忙下，虞因被救護車送到附近某間醫院，他看著院外，不曉得爲什麼有幾輛警車，有一、兩個似曾相識的面孔，只是他還沒認出來對方身分就被送到急診。

做了初步檢查後，確認沒有受到什麼嚴重的大傷，不過值班醫師讓他打了一晚點滴觀察，隔天再出院。

「要聯絡你家人嗎？」幫忙辦手續的阿方拿著表格走過來。

虞因按著頭，苦笑了下，「不用了，啊……如果你覺得麻煩的話，幫我打給李臨玥好了。」他現在只想到那女人一定會過來，嘴上說著很麻煩什麼的，卻還是會留下來陪他。

「你弟呢？」阿方記得他們的感情似乎還不錯。

「不用叫他！」把手上染血的紙巾摔入旁邊的垃圾桶，虞因可沒有忘記自己爲什麼會走出來，「那個臭小子。」居然這麼防他，虧他還掏心掏肺地把他當親弟弟疼。

「呃……不麻煩啦，一太早上叫我要帶夠錢出門，說我今天大概會有點事情。我看八成就是你的事。如果你不想被虞警官他們知道的話，今晚我陪你應該會比較方便。」阿方搔搔頭，說讓女生半夜過來也不好，於是在表格上塡了塡，就逕自拿去辦理手續了。

按著護士包紮好的傷口，虞因站起身。

夜晚的急診室有時會出乎意料地熱鬧，不管是看得見的還是看不見的，在傷患、病患中來回穿梭的其他東西不斷晃蕩走動，偶爾停下腳步，不久後卻又茫然地開始移動，像是無法離開這個地方。

沒想到自己現在會突然看得那麼清楚。在看見某張不知爲何腐蝕掉一半的臉後，虞因轉開視線，沿著牆壁往院內比較安靜的另一端走動。

門診時間過後，醫院裡異常安靜，唯有儀器的聲音不時從各個角落傳出。

後面傳來了輕輕的腳步聲，然後雜沓地從他身後越過他，跑向走廊的另一端，其中一個幼小的孩子停了下來，對他招招手，接著轉上樓梯。

聽著走廊傳來某種細語，虞因甩甩頭，讓暈眩減輕點後，跟著爬上了一層層的樓梯，每踏出一步，他都感覺上方有各種不同的目光盯著他，有的是好奇、有的什麼也感覺不出來。

最後他走到一個樓層。

還未到走廊時，只聽到一些細小的騷動聲，待他到達後，那兩個小孩已經停在某個房間前，歪頭望著他。

入耳是規律的電子儀器聲。

門在他面前輕輕地自動打開，然後讓開了一條路。只看一眼，他就知道裡面躺著的人是誰，連燈都不用開，是從小看到大的熟悉輪廓。

虞因屏住呼吸，不敢走進去，只要一走進去就會變成真的，所以他退開了兩、三步，把門重新關上。

他終於知道爲什麼一整天打電話都找不到人，還有嚴司爲什麼這麼匆忙地離開家裡。

門後似乎有什麼東西蹭了一下，接著一張塡寫著文字的病歷表從門縫底下輕輕滑出來，抵在他的鞋子旁。

除了傷者的姓名外，上頭還寫了兩次手術時間以及各種傷勢名稱。

他似乎又看見當年車禍的那灘血色，眼前一片暈眩。

虞因用力咬住自己的手，就怕發出聲音引來別人，雖然他不知道爲什麼這裡現在會一個人都沒有，照常理應該會有護士或局裡的員警才對。撞傷的頭讓他想不出任何那些人消失的理由，他也不想去想。

冰冷的小手拉住他另一手的手指，小孩催促著他離開。

「等……等我一下。」他費了很大的勁才把音量壓到最小，然後從身上翻出之前曾借給小聿的護身符，那個小孩立刻跳開很遠。「等等……」再度開了門，虞因看得見這裡到處都有行走的腳印，他把手上的東西綁在床上那人的手腕上，至少那種壞東西接近這人的機率會少很多。

「拜託……不要讓我看到你……」

□

他搖搖晃晃地走在街上。

不知道是因為受傷還是其他關係，他只覺得渾身冰冷，整個頭暈眩得幾乎無法思考。似乎知道他在想什麼，那兩個透明的小孩拉著他的衣角往某個方向走，像是要帶領他到他想要去的地方。

路上的行人越來越少。

不管是小聿也好，大爸、二爸也好，反正都是一些出事不會說的傢伙！

他並不是那種知道事情就會倍受打擊或做出什麼失控事情的人，為什麼大家都覺得不要講出來會比較好？

不曉得被帶著走了多遠，走到整條路上幾乎都沒有人了，昏黃的路燈下到處都是閃爍的影子，他從未看得這麼清楚。

在人離開之後，道路的使用權歸於另一方，他就像誤入另一個世界的異類。

一個小孩對周圍咧開了嘴，發出幾乎聽不見的嘶嘶聲，使得原本要靠近他們的黑影瞬間退開了。

他覺得很累、腳很痠，還有可能哭過的眼睛有點痛，喉嚨整個發酸發澀了，手機剛剛才響過，被他關機了，有可能是阿方打給他的……或是別人，也無所謂。

最後，那兩個小孩停下腳步，將他遺留在一棟公寓外就不見了，公寓其中一邊被拉滿了封鎖線，大樓陰影的那邊地上甚至可以看見深色的痕跡。

他第一眼就知道這是什麼地方，他甚至可以看到在那灘深色東西旁有個「人」正掙扎爬動著，對方的臉整個貼在地上，手腳像是沒有骨頭般，扭向奇異的方向抽動著；如果不是因爲看得太清楚，他可能會以爲那只是某種軟骨動物在陸地上移動。

「阿因？你怎麼會在這邊？」從他後面傳出訝異的問句，接著是快步奔來的腳步聲停在他的旁邊，「天啊，你被車撞到了嗎？怎麼傷成這樣？」

沒想到會在這邊看到這個人的玖深放下手上的工具箱，一摸到對方之後整張臉都皺了。

「你在發燒耶！」連忙脫下身上的外套覆在對方身上，他左右張望了一下，「我打電話給老大……」

「等等……」虞因抓下對方的手機，「不用了，我沒事……」

「這樣哪叫沒事？」沒看見附近有商店，玖深暗暗罵了兩句。他只是感到有些地方還有疑惑，所以才重回這裡打算再找一次，但是約好的員警還沒過來，看來他必須先放下手邊的工作了。「我載你去醫院……」拿起暫放旁邊的工具箱，他推著看來很糟糕的虞因往自己停車的地方走。

走了兩步後虞因就不肯再動了，他回過身，非常認眞地看著玖深：「玖深哥，到底發生了什麼事情？」

被他這樣一問，玖深差點被自己的呼吸嗆到，「這個……」若是講出來，肯定會被老大揍死，然後老大還會不死心地再把他揍活過來又揍死，怎樣想都覺得可怕。而且，他認爲該講的人不是他。

「如果不說，我就開始說這裡有什麼東西，首先是你旁邊有張臉黏在地上的……」

「我講啦！」玖深連忙拽著虞因跑向車子，立刻把他塞到副駕駛座上，自己坐上了駕駛座，「不要再來第二次！我恨死這招！」他眞是招誰惹誰了！

虞因笑了下，按了按悶痛的額頭，看著正在發動車子的人，「發生了什麼事？」

「呃……阿因你必須知道，做我們這種工作的風險非常大……所以就是……」做了個深呼吸，如果可以的話，玖深眞不希望自己來說這些事，「根據目前現場蒐證，我們初步懷疑佟和那個臉貼在地上的傢伙是被人推下來的，很可能是他們在屋頂上扭打時，對方還有其他人手。他們中槍後掉下來，我想佟應該有看見是誰……這件事連媒體都沒有透露……」

聽著身旁人講的話，虞因吃力地讓自己在渾渾噩噩中了解所有話語，直到他抬起頭，看見玖深後面車窗出現的人影時，要喊他注意已經來不及了。

駕駛座的門猛然被人打開，還沒反應過來的玖深被一股力道整個拖出車子，車門在他面前被人重重甩上。

被扔在地上的玖深感覺到對方朝著他的腹部踹了一腳，接著又將他拖離車子很長一段距離，在感覺到痛楚及被人拖走間，他勉強辨認出對方的高度大約一百七十多公分，絕對是個男的，女人的力氣不可能大到能把他拖著走……帶著深色鏡片安全帽、裡面還有口罩，看不到長相，手套跟長袖服裝把特徵全都遮住了。

被拖到轉角後，玖深見對方抽出美工刀，在路燈之下折射出冰冷的光。

「把你今天找到的東西拿出來。」從口罩後面發出非常低沉渾濁的聲音，不帶任何感情，那把幾乎隨處可見的文具變成凶器，抵在他的脖子上，割出一條令人發痛的傷痕，「否則你就會變成第三具屍體。」

玖深猛然一驚，「第三具？」他掙扎著想轉過身來，不過被對方打了一拳後就幾乎完全脫力了，「你想對伱幹什麼——」

「誰在那裡！」

街道另一端傳來喝斥聲，接著對方立即拿起手機，「警察局嗎！我這裡是……」

「做賠命的工作眞不值得。」帶著安全帽的男人最後撂下這麼一句話，轉身就消失在黑暗的路上。

好不容易走過來的虞因，只看見那個黑色人影隱沒在路的另一端。他一轉頭，那兩個小孩好奇地觀望著，「追他。」

其中一個孩子消失在夜色中。

「你們沒事吧？」報案之後跑過來的男人，就是早些時候從八樓離開的住戶。

玖深按著脖子和肚子，搖搖頭，扶著旁邊的路燈站起來，「那傢伙肯定就是害伱掉下去的……」

「好像有點嚴重，你們先來我家。」看著攻擊者消失的方向，帶著一身酒味的姜正弘幫忙攙玖深往大樓的方向走。

「……你該不會是夜店經理吧？」玖深迸出風馬牛不相干的話。

「如果您有需要，我可以給您八折。」姜正弘沒有反駁，露出了禮貌性的笑容，「不過首先，我們需要的應該是其他東西。」

注意到玖深一直盯著他看，他有點疑惑地又問了聲還有什麼問題。

玖深才搖搖頭，「沒事，大概是錯覺，總覺得你有點眼熟。」

「大眾臉吧，很多人都這樣說過。」對於還有心情胡思亂想的傷者，姜正弘有點失笑。

玖深轉過頭，看見落在地上的美工刀，上面還沾著暗紅色的血液。

還沒開口，虞因已經跑回車上，幫他拿了工具箱和相機過來，拍了照也拾起東西，他才放心地讓人拉著他進入大樓裡。

走在最後的虞因轉頭望向深色的街道，像要把人心腐蝕般地黑，逃逸的凶手隱藏行蹤。

他憎恨這個顏色。

4

「不好意思，我家不喜歡有三個以上的客人。」

婉拒著想要踏進他家的其他員警，姜正弘只讓稍早到達的虞夏踏入家中，然後要其他後來者站在門口，並不打算讓所有人都進門。

「你們在附近看看。」虞夏看了屋主一眼，這樣吩咐其他同僚。

姜正弘的屋子並不算大，就和樓下他們已經扣住的房子一樣規格，不過顯然這個屋主生活品質好了些，雖說不怎麼大，但請人裝潢過後，看起來就是挺舒服的，加裝裝飾隔板的天花板低了些，卻沒有壓迫感。

走進去之後，他馬上看到玖深坐在客廳的大沙發上，一手拿紗布壓著脖子傷口，還沒上藥包紮，另一手騰出來在他的工作板子上不曉得在寫些什麼。

「老大。」看到來人之後，玖深打了個招呼，「我列了個清單，那傢伙跑走又跑回來要求我把東西給他……拿回工作室的證物裡一定有對他很重要的東西，說不定我們可以從裡面找到和凶手有關連的東西，逮他……好痛！」

根本沒把話聽完的虞夏一拳打在他頭上，「先去給我止血！」他不是沒看到傷口上的紗布還在滲血。

「唉呦，可是先寫起來比較不會忘啊，而且我發現有個奇怪的地……好啦，現在去。」在接觸到殺人視線後，他馬上縮了縮脖子，「那個，阿因在陽台，他都知道了。」

虞夏轉過頭，果然看見客廳陽台外有個人站在那邊。

「不介意的話，我可以幫忙。」姜正弘從室內拿出急救箱，聳聳肩說道：「你知道的，當個夜店經理可能需要一些急救知識，以免店內有人撐不到救護車趕來。」

「呃，麻煩你了。」心想等下還是得跑趟醫院備案的玖深移開手，邊讓對方做基本處理邊掃視著房子周圍的環境，「你有女朋友啊？」他注意到屋內有些女性用品，都整理得整整齊齊放在旁邊，不過不知道是因為屋主有潔癖還是怎樣，物品不論新舊都用袋子封裝著。

「偶爾會來。」姜正弘笑著回答。

看看屋內沒有太多奇怪的地方，虞夏在等待期間踏出了陽台，站在外面的虞因不知道是在吹風還是想事情，環著手靠在一邊，聽見聲響後才回過頭來。

有那麼一瞬間，虞夏覺得眼前的小孩眼神相當怪異，似乎和平常不太一樣，但是卻又說不清楚差異。

「你怎麼了？」

虞因知道對方是在問他身上的大小傷勢，「不小心被機車撞到，沒怎樣。」他把玩著手上的小鋁箔片，這是屋主提供的退燒藥，還滿有效的，至少他現在的思緒相當清晰有條理。

從這裡往下看，可以看到底下那個東西還黏在地面掙動著，黑暗的街角邊不知道還有些什麼東西，隱隱約約感覺到有什麼在晃動。

他現在異常冷靜，而且他突然彷彿能理解那些黑影所代表的意思。

虞夏靠在旁邊吹了一下冰冷的夜風，才注意到這裡就是墜樓位置旁，如果姜正弘當時人就在這邊，說不定有目擊或聽到部分的事發經過，但是他沒有。

「不要吹風吹太久，你身上有傷。」虞夏思考了一下，並沒有主動開口說太多，「等等我叫人送你回家。」

虞因偏頭望著旁邊外貌幾乎比他年輕的人，「二爸，你……知不知道我們家被潑漆？」

「有聽說。」早些時間虞夏才接到同事通知，他也讓組員去查了，「已請巡邏的多注意，暫時應該不會有危險，不過你們出入還是要小心。我有叫清潔公司明天去弄乾淨了。」

虞因點點頭，隨手彈掉那個已經被他揉成一球，看不出原本樣子的小包裝。

「沒有第一時間告訴你佟的事，是因為我們有顧慮，這件事媒體方面也沒有發布，我知道你不高興。」虞夏微微皺起眉，沒有再繼續說下去。

「……沒關係，我去看過了。」同樣不打算往下說的虞因呼了口氣，「房裡的屋頂上有聲音，滿吵的，我不想進去，要回家的話再叫我。」

虞夏拍了一下他的肩膀，轉頭回到屋裡。

虞因站在陽台看著下方，冷冷勾起微笑；阿方的摩托車停在下面，同樣也看見他的對方向他招手。

他不曉得為什麼會找到這邊來，不過虞因也懶得去深思這個問題了。

回頭踏進屋內時，虞夏正好提著玖深要拖出去，「阿方來了，我先跟他回去好了，另外小聿在他朋友家，明天早上就會回去。」他一直聽見天花板上有某種聲音，甩甩頭，在虞夏點頭示意後，他自行離開了姜正弘的屋子。

門被輕輕帶上以後——

室內幾個人恢復了沉默，直到過了好一會兒，虞夏才看著這個早先才剛遇過的屋主，「謝謝您這次的幫忙，另外想請問一下，方不方便陳述剛剛您所看到的事情？」

「當然。」

姜正弘微笑了。

□

虞因沿著樓梯往上走。

因爲人與證物在白天都已經被扣押，六、七樓幾乎沒什麼人了，只剩幾個虞夏帶來的隊員正上下巡邏。

頂樓的風冷到讓他有點瑟縮。

他在頂樓走了一圈，什麼奇怪的東西也沒看到，大概早先時候警方已經把該帶走的東西都帶走了，只剩下一些盆栽和雜物。

繞了兩圈還是沒看到什麼，虞因打算直接下樓去跟來找自己的人會合，一轉頭的同時，頂樓的鐵門猛然被人甩上，砰地巨響迴盪在黑色的空氣中。

在看不見的另一方，有什麼東西正搖搖晃晃地朝他走來。

某種怪異的味道慢慢滲透入夜晚冰涼的空氣中，然後順著風，慢慢傳向他這邊，隨之而來的是那些東西逐漸逼近的腳步聲，他幾乎可以看見黑暗另一端的青色目光。

像是捕獵者的招魂燈光，一盞盞地在黑色中慢慢點燃，然後將他圍繞在中心。

這時，他的手機猛地響了起來，等到虞因下意識接通後，才想起他剛剛已經將手機關機的事實。

機械的另一端傳來空洞的聲音，某種像是有人靠在那端呼吸的聲響清晰地傳了過來，就算他把手機拿離很遠，但是手機就像被開了擴音器，那聲音不斷地擴大再擴大。

在那怪異的呼吸聲之後，是類似電台雜訊的聲音，吱吱的干擾聲中夾著說話聲，等他意識過來時，他已經專注在那些聲音上了。

電話那端有人在講些什麼——

「不要搞錯了！你們要找的是我不是他！等事情過後愛怎麼來都隨便你們——」

那是他自己的聲音。

四周的黑影猛地在那些青色的目光下咧開一條隙縫，全都是鮮紅的顏色。

不知道從哪邊傳來了冷笑，連帶著頂樓的景色似乎變得有點不太相同，順著風似近似遠地有人正低語著，是完全聽不懂的緩慢聲音。

那麼一瞬間，虞因感到的不是懼怕，而是憤怒，以及連自己都想像不到的異常冷靜。

「**我們的事情還沒完、還沒完、還沒完……**」手機那端傳來平板的呢喃聲，像是壞掉的錄音般不斷重複著。

「你們已經完蛋很久了。」虞因切掉通話，那端最後只剩下冷笑，然後他的手機恢復了原本的關機狀態，再也沒有什麼聲音。

他一抬頭，周圍什麼也沒有，被關上的頂樓鐵門發出了輕輕的聲響後被人推開，按著脖子推開門的玖深沒有意料到虞因還在這，霎時瞪大了眼睛。

「你會被老大捏死！」做了一個切脖子的動作，玖深連忙把門關上，然後打開頂樓的昏黃小燈，「你應該要回家了。」

「你才會被捏死，不是應該去醫院嗎？」虞因反丟了一句，把手機放回口袋。

「呃、就有點在意，所以想說看個五分鐘也沒差……」搔搔頭，也是趁虞夏還在和樓下屋主問話時溜上來的玖深把握時間連忙走過去，「剛剛找不到彈殼，可是我覺得這裡真的很奇怪，乾淨到不像有人扭打過。」他察看了四周，果然跟早些時間看到的一樣。

頂樓鋪了層水泥，就像一般老式公寓一樣，沒有什麼裝飾物，頂樓樓梯在中間分前後兩個部分，不管是哪邊，都只有幾盆住戶放在上面曬太陽的盆栽和曬棉被、衣物用的舊竹竿，地上不知道被誰清掃得乾乾淨淨，雜物也都放得整整齊齊，沒任何異常。

上午虞佟和那個目標物就是在比較偏僻的後方摔下去的。

事發之後他們曾封鎖這邊，所以不會有人上來。

「太乾淨了？」玖深這樣一說虞因也注意到了，照理說如果有人在這邊扭打到摔下去，這裡應該是一片混亂才對。轉頭看過去，隔壁的公寓雖然沒有相連，有段距離，但如果有人接應的話也是可以從頂樓逃過去。

「我覺得有點怪的地方是，老大攻堅時布置都很謹慎，若隔壁有這種空間，也都會有幾組人守著，照理說應該不會有漏網之魚……你看今天在現場的都被抓到了，只有幾個在外面的漏掉，但是我的彈殼不見了、殺老大跟掉下去那傢伙的人也不見了，眞的很奇怪……」捂著還在發燙發痛的傷口，怎樣想都覺得不大對勁的玖深聳聳肩，「局裡的筆錄應該做完了，等等回去再看看有沒有什麼可以連起來的地方，說不定在隔壁待命的有人發現不對勁。」

當時一片混亂，可能大家都沒注意到，現在已做完初步紀錄，肯定可以找到些什麼。

「玖深哥，我看你還是先去醫院和報備吧，不然小心又遭那個人攻擊。」想起了剛剛的事情，虞因這才注意到旁邊的護欄上蹲著兩個透明的小孩，像是在等他。

其中一個對他搖搖頭，接著兩個就一起消失了。

……沒追到對方嗎？

他第一次知道原來鬼也會追不上人。

「唔，好吧。」多按了兩張相片後，玖深看了他一眼：「一起走吧。」

「嗯。」

離開頂樓前，虞因看見一個東西緩緩地從牆的另一邊爬上來，摔得模糊稀爛的臉慢慢轉向他們這一邊，黑色的血與不明液體從他扭曲的臉上不斷滴落下來。

看不見的玖深關上鐵門，砰地一聲將所有東西都隔絕在外。

然後就什麼也沒有了。

□

當天晚上，應該說是清晨，他直接在阿方家過夜。

隔天一早醒來時，虞因只看到旁邊的桌上放了份早餐跟紙條，紙條內容寫著阿方要先去學校，要他離開時記得鎖門，另外就是要他一定得回醫院複診，因爲他昨天蹺院。

他看了一下時鐘，上午十一點。

「唉，還要去牽車……」他的車昨天丟在市區啊……

嚼著朋友的愛心早餐，虞因打開關了整晚的手機，一開機就看到四十幾通未接來電，其中有些是阿方打的，但是佔最多的號碼是來自小聿的手機，最後一通大概是清晨三點多，那時他才和阿方回到他宿舍這邊，兩個人就直接倒下去呼呼大睡了。

想了一下，他確實對昨天的事多少有點不高興，但其實就和方苡薰說的一樣，他原本就只是半路殺出來的人，說不定他原本就不應該跟他們那麼親近。

他到現在仍不清楚少荻聿之前到底是過著怎樣的生活、有多少親戚、多少朋友，他知道的也只是來到虞家後那個什麼話都不說卻成天跟在自己後面的男孩。

他們真的沒有那麼親密。

但是他覺得也許曾經有那麼一段時間，他們兩個真的相處得很好。

虞因抓抓頭，只覺得越想越頭痛，便乾脆不再去想了。

於是搭公車到市區取回摩托車，回到家門前時已經下午一點多了，就如虞夏所說，早上大概有清潔人員來過了，門口已經被刷得乾乾淨淨，連點什麼都沒有留下來。

進門後他注意到小聿已經回家，鞋子和包包就丟在玄關，客廳桌上放了包東西，看起來大概是食物之類的東西。

房內異常安靜。

「小聿？」摸摸袋子，整個已經涼了，裡面的液態食物也都已凝固，虞因意識到這應該不是早餐，可能是昨天就帶回來的東西，「小聿！」

他衝上二樓一一打開房門，依舊連個人影都沒看到，虞因突然覺得不對勁，「小聿？你在家嗎？」

拍開浴室門後，沒看到任何人，他正要回頭，才注意到浴缸邊被拉起的浴簾後似乎有東西，一拉開虞因才鬆了口氣。

浴缸裡不知道爲什麼塞了棉被跟枕頭，中心鼓鼓的一大團，悶得連點空氣也沒有。

虞因拉開棉被，就看見他剛剛遍尋不著的人正蜷成一團睡在裡面，掀開時整個被窩裡熱烘烘的。小聿整張臉可能因爲悶熱而通紅，也沒被他的動作吵醒，睡得很熟。

「不怕悶死啊，小聿，起來一下，別睡在這！」虞因不知他爲什麼會睡在浴缸，拉了兩三下，小聿才迷迷糊糊地睜開眼，然後翻過身又繼續睡，和平常一拍就醒的樣子大不相同。

「回房間啦。」虞因連人帶被地將他拉起來，一邊咒罵爲什麼他這個傷患要做這種事，一邊把人拖離浴缸。就在棉被全都拉出來，連人帶被扛在背上的同時，他聽到某種東西掉落在浴缸裡的聲音，回過頭，只見一把美工刀落在枕頭邊。

他睡個覺拿刀子幹嘛？

就在虞因疑惑時，一隻手突然往他肩膀一抓，差點沒把他嚇到從嘴巴裡吐出魂來，接著才後知後覺到背上小聿已經醒了。

「肚子餓……」慢慢爬下來的小聿打了個哈欠，拾起美工刀後搖搖晃晃地走出浴室，自

然得好像走出自己臥室一樣。

「等等、喂！你昨天晚上幹啥睡在這邊啊？還有小刀是幹什麼用的……喂！不要假裝沒聽到啊！」虞因直接把棉被跟枕頭丟在洗衣機旁，然後跑下樓追人。

追下去時小聿已經在熱桌上那包東西了。聞了味道後，虞因才知道那是巷口賣的麵線，他們有時晚上懶得走太遠就會在那邊買回來當宵夜。

站在廚房門口，虞因等著對方。

直到那鍋不是一人份的食物開始小滾之後，小聿才微微皺起眉，「沒有騙你的意思……遲早會告訴你的……」

虞因聳聳肩，「好吧，你自己決定就好。」反正如果他不說自己也不能怎樣。

小聿看了他一眼，嘆了口氣。

「我去整理些換洗衣物給二爸，他這兩天肯定不會回來。」虞因也懶得再聊下去，一轉頭，刺痛感突然又鑽進他的眼眶裡。因爲來得太突然，他整個人眼前一黑，摔倒在地。

某種叫囂的聲音從四面八方傳來。

他嗅到泥土的味道。

他記得……

他還有些印象，當他走在那條黑色道路時，塑膠繩不斷消失的那個時候……

在那片黑暗中他似乎遺忘了什麼，事情結束後因爲沒有記憶，所以他也不在乎發生過什麼事，但是眼前的黑暗讓他隱隱約約地……

「我不記得！」用力抓住頭，虞因猛然驚醒後，才發現自己出了一身冷汗，昨天被機車撞到的傷口隱隱發痛，蹲在旁邊的小聿用力抓住他的手腕，臉上出現罕見的驚恐表情。

「沒事。」他拍拍小聿的頭，在暈眩感稍解之後按著牆壁站起身，然後聞到怪怪的味道，「你的東西焦了，快去關火！」

小聿有點擔心地看了看他，才提起躊躇的腳步走回廚房。

虞因背靠著牆面，緩緩地滑坐下來，然後將頭埋在膝蓋裡。再抬起時，他慢慢張開了左手，手背上從指尖開始，細細的黑色線狀沒入了他的血管，然後在皮下像是蜘蛛網般擴散開來，用一種極爲緩慢的速度，不斷往手腕方向而去。

他一直都曉得。

他從不曾忘記那晚的事。

就像他不曾忘記母親消失時他所看見的一樣。

□

「吃東西了。」

敲了敲玻璃窗，下午才進局裡的廖義馬繞過了鑑識科，順便好心地對裡面的同僚招呼著：「我買了很多，出來吃點，大家休息一下吧。」

正在等檢驗結果的玖深從裡面打開了門探出頭，「等等，我要順便過去找老大。」他接過食物往後面的同事一拋，脫了手套拿了資料夾就跟出來，「眞想死，我昨天才睡兩個小時。」去過醫院後又回來備案、把一些帶回來的物證收妥分類好，然後借了休息室的沙發躺兩個小時就上早班了。

「咦？你昨晚沒有回去嗎？」看著旁邊的員警身上的衣著和昨天一樣，玖深隨口問道。

「喔，我同樣的衣服有好幾件，老婆大人打折時都會一次買很多。」廖義馬笑了笑，回答他。

「有老婆真好，不過最近案子都很忙，也辛苦你老婆了，肯定有很多抱怨吧。」雖然還沒有對象，不過玖深也知道這份工作並不穩定，局裡很多同事多少都曾爲此和妻子、丈夫爭吵，「最近肯定都不用休假了。」

廖義馬聳聳肩，「還能怎麼辦，事情都這麼嚴重了。」

因爲這次算是非常狀況，所以大家也都沒有多說什麼。

「有找到啥線索嗎？」廖義馬塞了個泡芙在同僚手上，隨口問著。

「浴室裡的毒物結果已經出來了，跟我們之前查到的香很類似，但是成分和效果比較低劣，我懷疑是次級品，對人體的負擔很大，稍微過量或者使用、製造不當，就會立即危及生命或造成神經方面的損傷。」玖深咬著點心，翻著手上才剛收到的化驗結果，「但是不管怎樣，可以確定這批人和製作那些香的應該有所關連。」這就是虞夏爲什麼會長期緊盯這票人的原因之一。自小事的案件之後，他們就特別留意相關案件，這次讓他們發現租用公寓的人除了涉及販毒之外還持有槍械並犯下多重案件，所以才會耗那麼多人力去追捕他們。

只是沒有人想到會有這種結果。

摔下來的那個人，就是這個分支團體的主要頭頭，可能也負責部分「業務」。不過現在死了，也問不出個所以然，只好從其他人和蒐集回來的物證下手。

「另外要告訴老大的，就是我找到足以讓那個議員吐不出屁話的證據了。」一想到那個間接造成這件事發生的渾蛋，玖深有點咬牙切齒地說，「那傢伙想要丟棄的一批物品裡，不管是衣服還是打火機，上頭都有死者的血，還有屍體身上的抵抗傷跟指甲中也都是那個傢伙的ＤＮＡ，多到足以讓他蹲牢了！」他絕對、絕對要讓媒體寫死他們！

讓那個眞以爲他能贏的死議員付出代價！

看著不知道是熱血在燒還是怒火在燒的同事，廖義馬苦笑了一下，「總算有件事可以暫時結束了。」這樣他們就可以專心手上的事，不用再管那個議員一天照三餐來問候他們，「對了，你臉上的傷？」注意到對方身上有些小擦傷，他疑惑地問。

「沒啥啦。」下意識地摸摸脖子，上午回局裡時他在附近買了高領衣服替換，所以比較大的傷口才沒有很明顯。

走到辦公室時，幾個擦身而過的同事紛紛對他們打了暗示。

還沒理解是什麼意思，玖深就已經看見黎子泓跟他家老大站在一旁，不知在討論什麼，他馬上就明白這次負責的檢察官是誰了。

一見他們踏進來，虞夏立即對人招手。

走過去之後，玖深才看見他們旁邊的桌子上攤滿了一堆資料，部分是昨天回來做好的筆錄，「阿義你先去忙別的事。」虞夏說著，等到鑑識人員過來後才翻開邊上的資料，「這是昨天初步完成的，我要你去蒐集一下這幾個人昨天穿用過的衣服和槍枝。」

「咦……！」玖深愣了一下，睜大眼睛看著前面兩人。

「私下做，不要聲張。」黎子泓補上這句：「如果對方有問題，就說我覺得幾個靠近事發現場的人身上可能會沾染到毒物或其他物品，想要留檔。」

「喔、好。」玖深點點頭，他知道事情沒有這麼單純，便壓低了聲音，「有什麼不對勁嗎？」

虞夏和黎子泓對看了一眼，「暫時沒有，只是有點懷疑。」

「我知道了。」玖深小心翼翼地把那份名單收好，看到虞夏對他抬了抬頭，幾個人稍微收了一下桌面物品，準備轉移到單獨的辦公室。

站在不遠處的廖義馬看了他們一眼，「阿夏，你們拿一些進去吃吧，你早上肯定沒吃什麼東西。」說著，他塞了包紙袋給比較靠近的玖深。

「你以爲這樣我就會被收買嗎？」斜眼看著自己的同事，虞夏勾起了冷笑，「等等出來你們若還在開同樂會你們就死定了。」別以爲送他一份就可以趁機偷懶。

幾個已經聚在一起分東西的同事回以幾聲乾笑，然後開始加快進食了。

虞夏把同事們隔在門外，等到全部人都進入辦公室後才關起門，四周的空氣幾乎在瞬間安靜了下來。

小心翼翼看著虞夏，又看了看黎子泓，站了幾秒鐘後，發現這兩位老大都沒有主動開口的意思，玖深只好摸摸鼻子，先把手上議員那件案子遞過去給他們，「呃……是不是還有什麼事情？」會特別把他叫進來一定還有某些事要說。

「我們發現報告上有點問題。」通宵看完全部記錄的黎子泓率先開口，然後看了看旁邊同樣也是熬了一晚的虞夏，「昨天因爲過早攻堅，所以當交易者前來見到狀況不對而逃逸時，三人裡只抓到一人，所以帶回來的總共有四個活人跟一具屍體。」

玖深接過對方遞過來的記錄本，快速地翻了翻並點點頭，「應該是這樣沒錯，現場有收回一些便當盒和飲料罐、菸蒂，我們正在分析到底有幾個人在房裡用過。」

「根據虞夏先前做好的資料，兩層公寓裡應該有六個人，其中兩個是負責煉毒的，但是前幾天南下了，應該下週才會回來，剩下幾個就是帶頭和送貨的，初步的口供裡沒有人承認去過頂樓；另外底下的小弟不在這邊，圍事時須要人手才會叫來。」環起手，黎子泓默默看著眼前的鑑識人員。

玖深愣愣地看了他，幾秒後才了解他的意思，「等等，這樣撿走彈殼的渾蛋是哪個！」

「還不清楚，可能有人在說謊，但是幾個人身上都沒找到那枚彈殼，所以才懷疑可能有一個人逃走了，但還不曉得是誰。」黎子泓歪頭想了下，「必須請你們做進一步釐清。」

「暫時先這樣，今天我會再去一次。」同樣也是得到這種結論的虞夏邊說著，邊把桌上的東西整理過，「所以玖深你再和我跑一趟，回來之後把東西都看過。」

看了看他們家老大，又看了看另一邊來的老大，玖深退開一步：「那個……可以找別人嗎……那邊有不科學的東西……」雖然他看不到，但是阿因說有，一想到那玩意還在那邊，他全身就開始發毛。

黎子泓看了一下天花板，然後抱起一疊資料：「我先回地檢署，兩位辛苦了。」說著，他邊搖頭邊開門走出去。

一等人踏過門檻，虞夏立刻就掐住他家鑑識人員的脖子，「你是想要去找，還是想要讓自己變成不科學的東西？」居然用這種理由拒絕工作！真是找死！

「對不起我錯了，我馬上去準備。」看著那張異常猙獰的娃娃臉逼近，玖深在瞬間覺得再怎樣不科學的東西都不恐怖了。

還有什麼凶得過他家老大？

一邊想著，玖深猛地愣了下，「咦……？」

「怎麼？」虞夏丟開人，開始整理桌上有用的文件，打算一起帶出去，轉頭看見對方盯著自己發呆，他揮了揮拳。

「呃、沒事。」玖深摸了摸脖子，又看了他半晌，「對了，我們科裡的阿柳查過了，無線電沒有問題，也沒有故障。」回收當天小組所使用的物品後，鑑識科幾乎是卯起來檢查故障點。

「……收訊呢？」

「沒問題，出任務時的故障有可能是其他東西的干擾……吧？阿柳說有可能發生這種狀況，但要看現場是否有什麼會破壞訊號的東西了，我們初步拿回來的證物裡沒看見有這樣的東西，公寓裡就不知道有沒有了，晚一點會把結果送來。」玖深聳聳肩，把同事目前努力的結果先行告訴他。

虞夏偏著頭，微微皺起眉，過了一會兒他才轉過來開口，不過說的卻是不相干的事：「對了，關於你昨天遭到襲擊，這兩天你出入小心，我讓組員保護你上下班……」

「啊，不用啦，應該沒啥事情，基本的應對我也都有學過嘛。倒是……佟、佟那邊要注意，他們似乎也打算在醫院下手，我很擔心。」想到那個襲擊者，玖深又開始發毛了。雖然不科學的東西很可怕，但是這種人也很可怕，懷著惡意傷害人，爲所欲爲卻難以繩之以法。放在外面不知道還會不會有其他同事或一般人受傷。

虞夏輕輕地拍了玖深的肩膀，斜了他一眼，「醫院那邊我已經交代下去了，你給我乖乖合作，我主要是要抓那傢伙，保護你只是順便。」

玖深默默地難過了，原來他家老大是想咬著拖出凶手來，「我知道了，不過那傢伙到底想要什麼東西呢？」他們昨天帶回來的物件起碼破百了，那麼多之中他到底想要什麼？

「我哪知道。」虞夏聳聳肩，想起了另一件事情，「不過那張海報留言我大概知道是啥意思，昨晚我打了整晚的電話問過市內超過八樓和開頭是八的旅館和包廂了。」

「欸！老大你眞聰明！」玖深豎起拇指，立刻就知道他在講什麼。

「這是基本常識吧！」往玖深頭上一打，整晚沒什麼睡的虞夏也沒多少耐心了，「不過最後問到的不是在這裡，而是在鄰近的彰化，據說車站那邊有家小旅館，生意不好，所以下面都租給人家做生意，只留六樓到八樓，下週六同一個時間八三七跟八三九兩個房間都被同一個人租了，而且連租三天，錢也付了，據說到現在還沒退房。」

「所以那邊的活動還沒取消嗎？」巴巴地看著他家老大，玖深歪著頭想著。

「不一定，不過到時候絕對得走一趟，你把這個放在筆記裡注意看看，說不定採證回來的物品中可以找出關連。」

「了解！」

看對方應該沒有其他要交代的事情了，玖深連忙又示意他要記得看過議員那宗案子，就帶著東西打算先回工作室整理。

一踏出去，剛好看見廖義馬走過來，「談完了？」

「嗯，你有事快點跟老大講，我們等等要出去。」

「謝了。」

目送著玖深離開，廖義馬走進辦公室，然後帶上門。

他看著正在翻找東西的人，然後緩緩地開了口：「你眞的是阿夏嗎？」
站在桌邊的人轉過來看他，接著同樣地慢慢開口——
「他媽的吃飽太閒就給我滾出去找嫌犯！」

□

「這邊喔——」
將車停在路邊等待的嚴司一看到有人從警局大門口走出來，立即愉快地揮手。
沒有料到有人在等他的黎子泓一看見對方先是愣了一下，接著快步走去，在對方開口前先送他一句話，「違規停車，你要我舉發你嗎？」居然停在這種人來人往的大馬路邊，而且還是紅線，眞是找死。
「我才剛來兩分鐘，馬上就要開走了，快上車吧，大檢察官。」
看了友人一眼，黎子泓默默鑽進了副駕駛座，「你在幹嘛？」
將車子滑上了馬路，駕駛者聳聳肩，「剛剛拿報告給你，結果你們署裡的人說你過來了，正好我要下班就順道過來碰運氣，沒看到人我就要直接離開了。」嚴司踩著煞車，這樣說著：「熬夜熬到屍臭味都有了，洗都洗不掉，害我丟了件襯衫。」

「我記得你之前才買一打說是備丟的。」睨了旁人一眼，上次才被硬拖著一起去買衣服的黎子泓冷笑了下。

「幹嘛記那麼清楚。」

「記不清楚的話我還要不要工作？」注意到路線不大對，正想拿出筆記來翻的黎子泓疑惑地確定路名，「你還要去哪裡？」

「順路繞一下車站，以前一個學妹高中畢業後轉作彩妝，現在很專業咧，還去國外進修，也常常上雜誌；最近來台中工作，所以接她到我家住幾天，反正還有一間空房，我也不常回家，可以幫她省一筆開銷。」嚴司聳聳肩，換了個話題，「報告已經出來了，先簡單跟你講一下，我懷疑你們抓到的那個死人不是死在樓上也不是死在樓下，可能是死在中間。」

「什麼意思？」

「就……我想當時大概是因爲佟和對方站得很近，有人從後面開了一槍後穿過佟的肩膀、直接打進死者的頭上。接著死者應該是重心不穩於是摔出頂樓，佟拉住他，手臂有瞬間重力造成的脫臼痕跡，但是不知道爲什麼突然也跟著摔下去。那個時間點死者應該還活著，掉下去同時死亡，接著撞擊或是卡到一些住戶的遮雨棚、陽台，多隔了一段時間才摔在地面變成泥，所以屍體墜樓時是死後墜落，大致上是這樣。」簡要說出結論，嚴司在停紅燈時看了下左右來車。上次被槍擊後他謹慎了些，怕衝著他前室友的人還不止一個。

「等等……當時他們在扭打，應該是這樣而造成雙方同時受到槍傷？」聽著身旁友人的話，黎子泓突然注意到不對勁的地方。

「我有說在扭打嗎？」嚴司愣了一下然後回答，「屍體上沒有扭打跡象喔，你們家報告寫錯了吧？身體上的瘀青和傷痕大多是墜樓時產生的擦撞傷，防禦攻擊造成的創傷則是沒有，玖深小朋友那邊沒有驗到嗎？」

「他只是初步判定陽台不像有扭打過的跡象，其他東西還在檢驗中……玖深昨晚在案發地點遭到攻擊，對方想要拿回鑑識科的物證，這件事目前還沒有公開。」

「喔……？這可有趣了。」其實這種事對他們來說並不罕見，搜到決定性證據時犯人就會很緊張，就連嚴司自己都遇過那種想要強行闖入驗屍房或是阻止驗屍的人。

「已經請鑑識科加快查看其中有沒有什麼特別值得注意的東西了，對方應該還會再來第二次，玖深和虞佟兩邊都已經加強戒護，希望可以抓到那個人。」

嚴司點點頭，車子往高鐵站前的道路轉去。

遠遠地，一名女子朝著他們揮手，穿著俐落簡單，一身黑色系的俐落服裝以及短褲，漂亮的長腿邊堆著大化妝箱與行李。

幾乎是同時間，他們停下交談。

很快地，車子在那名女性前方停了下來，對方也沒多客氣地打開後門把行李丟進來，最後再一屁股坐上後座。

「那麼，學長你要載我去工作了嗎？」

5

虞因看著自己的手，然後很快地緊緊握住了。

「買好了嗎？」虞因轉頭望向從便利商店出來的人，下午睡飽後，精神充足、確認自己沒事之後再度來到那棟公寓附近，怎樣都要跟出來的小聿跑了兩步過來，從袋子裡掏出一罐飲料遞給他。

小聿點點頭，瞥了眼手錶，接著轉過頭看向公寓。

「白天好像比較看不清楚。」不知道爲什麼還是看得到的虞因現在才發現，原來不是因爲好兄弟不會在早上出沒，而是他們的形體淡到幾乎融入背景，數量也比較少，但還是有些移動中的影子會在他的視線中出現，包括地上那灘依舊以怪異姿勢在抽動的東西。

正想溜進去時，他瞥見旁邊有人停妥車，踏下來，幾乎也是在同時注意到他們。「咦？你不是昨天那個……」正從工作地點返家的姜正弘提著飯盒，看見他們也愣了住了。

「啊，昨天晚上謝謝你，這是我弟。」虞因搶先發言，打量著眼前這人，總覺得哪裡不對勁，雖然他身邊沒有那種東西，但看起來就是怪怪的，昨晚因爲不舒服沒注意到，現在才發現。

姜正弘瞇起眼睛看了他半晌，「虞……因？是吧？你的臉色很差耶，還在發燒嗎？」歪頭想了下，他抬抬下巴，「你們先上來休息一下吧，順便吃點東西，精神好點再走，還是我幫你叫車也可以。」

「沒想到你還滿會照顧人的。」虞因盯著眼前的夜店經理，他沒忽略從昨天到今天，這個人不管是照顧發燒的自己還是幫玖深包紮都做得很順手。

姜正弘苦笑了下，邊領著兩人回到自己的住處，邊這樣告訴他：「因爲工作上需要，另外，以前有個朋友常常受傷、生病，做久了就熟悉了。」

「是喔……」

在聊天的同時，電梯已經到達樓層，電梯開門後，映入眼簾的除了大門外，還多了個有點駝背的阿婆，穿著打扮有點破舊，看起來大約六十歲上下。

「阿姨？」愣了半晌，姜正弘連忙開了門，把那個阿婆拉進去，神色看來有點緊張，「不是說不用到這邊找我嗎？如果被人家看到怎麼辦？」

站在電梯外的虞因和小聿兩人面面相覷，不知道現在是什麼狀況。

「你這次寄來的錢太多了……不行這樣啦……」阿婆從寬寬的褲袋裡掏了幾下，拿出一個鼓鼓的牛皮紙袋，塞給眼前拉著她進屋的青年，「阿維他爸要我拿來還你……」

「沒關係啦，我答應正維要照顧你們……」姜正弘猛然抬起頭，左右張望了下，對虞因兩人招手，「你們兩個快進來，把門關上。」

看他似乎在擔心什麼的樣子，虞因也跟著看了看樓梯間有沒有其他人，就拉著小聿進屋關門，順便把大鎖小鎖都扣上。

頭髮花白的阿婆依舊推著那個袋子，「不行啦，已經很謝謝你照顧我們兩個老的，每個月的錢又越給越多……」

「多給的錢是想讓妳和阿伯去租個小房子，不要一直窩在那邊，對身體不好……而且現在帶夜班錢比較多，我自己孤家寡人也用不了那麼多啦。」姜正弘把那個袋子塞回阿婆口袋，走進廚房拿了幾盒水果，「這個妳一起帶回去給阿伯吧……不要再跑來了，我會自己去找你們，如果被那些人看見就不好了。」

「唉呦、不行啦……」阿婆連忙把東西推回去。

看著兩人卡在那邊爭執不休，虞因直接插進去，「阿婆，妳就拿回去啦，妳看我們經理冰箱裡還有一大堆耶，沒差這一點啦。」

「啊，可是這個錢……」

「經理最近加薪耶，老闆說如果他做得好，還要給他加半年年終，所以不多啦。」很誠懇地朝著阿婆微笑，虞因拍拍老人家的手，「阿婆妳就收下吧，不然他的錢都被女朋友花掉也不好。」

猶豫地看著陌生的青年，阿婆又看了一下姜正弘，後者點點頭，「阿姨，妳就別推了，不然正維交代我的事我都沒做到，這樣我會丟臉，妳等一下，我幫妳叫計程車。」又遲疑了一小段時間，提著水果盒提袋的阿婆才點點頭，「讓你照顧這麼多……」

送走阿婆之後，大約有十分鐘，整間屋子裡安靜無聲。

姜正弘讓他們待在客廳，走向廚房邊的小吧台準備飲料，再度走回來時手上有著鋁箔包裝的藥片，「我看你臉色差到很奇怪，如果真的不舒服可以吃這個，上次朋友從日本幫我帶回來的，暈眩還是一些輕微症狀都可以用。」他把飲料杯和藥片放在桌上，「不好意思，剛剛那個是我朋友的母親，謝謝你的幫忙。」

「沒啥啦。」虞因揊揊手，把現榨柳橙汁的杯子塞入小聿手上，「不過怎麼是你在照顧你朋友的媽媽咧？他不見了嗎？」

露出有點困窘的笑容，似乎不想多說的姜正弘輕輕地嗯了一聲，「之前好像被黑道追殺，已經很久沒看到人了，我怕他父母也受牽連，本來想接過來這邊住，不過老人家不肯，家裡又舊又破，也沒什麼經濟能力，每天只能做一些資源回收來餬口。」

「有報案嗎？」聽著簡短解釋，虞因皺起眉，「很久沒聯絡，不知道人平不平安，要不要報個案比較好？」

「……已經沒關係了，聽說黑道現在似乎還在追他，應該沒事。」姜正弘站起身，聳聳肩，「這也沒辦法。倒是你們，爲什麼又跑來這裡，我記得你們應該不是警察，一個只是大學生、另一個看年紀大概是高中生吧。」他邊說邊走進側邊房間，然後打開衣櫃拿取衣物。

見屋主似乎準備沖洗，虞因稍微放大聲音讓他可以聽見，「我想來看看這裡有沒有什麼，那個……摔下去的是我父親……」

姜正弘的動作突然停下。

「你眞的什麼都沒看見嗎？」

屋主站在衣櫃前，輕輕地嘆了口氣，「很抱歉，我什麼也沒看見，你們自己坐一下，我等會還要上班，先沖個澡。」

「不好意思，還是再麻煩你想想看。」看著浴室門關上不再有任何回應，虞因無力地深深躺進了別人家的沙發，捧著微涼的杯子吐了口氣。

坐在旁邊的小聿什麼也沒說。

「等等再上去頂樓找看看有沒有線索吧。」虞因抹了把臉，仰起頭看著裝飾過的天花板，一格一格的，是那種可以加裝燈具的款式。

他實在不知道該怎麼辦。

他好恨那個凶手，但是他不知道能做什麼。

浴室的門咿啞一聲被推開來，裡面沒有水聲，安靜地過了幾秒才傳來低語：「我並沒有看見那天發生什麼事，但是那天早上我其實在陽台旁看帳冊，所以我想我有聽到第三個人的聲音，如果你們找到了嫌犯，我可以幫你做聲音指認。」

然後，浴室門重新關上，裡面傳來水聲。

錯愕了幾秒後，虞因按著臉笑了，然後他仰起頭看著上面的天花板。

在那瞬間他看見了，上方一格格的天花板中有一片裝飾板慢慢地被推開來，在那方黑暗中出現了一張灰綠色的臉，面無表情地對上他的視線。

他感覺全身像被灌了冰塊一樣，寒冷且幾乎無法動彈。

那張臉就這樣從黑暗中看著他，霧灰色的眼睛連眨也沒眨，接著，不知道過了多久，他慢慢退回黑暗，那片天花板重新被蓋上了。

虞因猛然回過神，整個人完全清醒了。

坐在旁邊的小聿用種奇怪的表情看著他，手上的飲料還沒喝上幾口，這讓虞因判斷自己恍神的時間非常短，有可能就只有幾秒而已。

重新看向天花板，那裡什麼也沒有，更別說曾被打開過。

他有種很不祥的預感。

那張青色的臉實在太過眼熟，擁有那張臉的人現在應該還在浴室沖澡才對……

多心了嗎？

□

「哈啾！」

玖深狠狠地打了個噴嚏，接著一臉嫌惡地拉下臉上的口罩，對著裡面的口水翻翻白眼，從口袋裡拉出新的口罩更換，才繼續手上的工作。

「你再繼續打下去，一打都不夠你換。」瞪著進屋之後不知道已換了幾次口罩的鑑識人員，虞夏沒好氣地說著：「感冒嗎？」

「應該是過敏。」玖深壓壓鼻骨，看著被用來充作煉毒工作間的浴室，早先來的鑑識人員已經把這邊整理過了，一些毒物相關物品也全都搬回局裡，只剩下部分雜物以及若有似無的怪味，「這兩天偶爾會這樣，大概是季節轉換吧……奇怪了，以前也還好說……」糟糕，該不會是長期作息不正常所以他變虛了吧？

懶得跟拚命打噴嚏的友人繼續聊，虞夏從浴室轉出來，繞到旁邊的主臥室。七樓幾乎是用來堆積物品和煉毒，所以大半都是非法的東西，那票人眞正住的地方是六樓。

看著已經被搬得差不多的房間，地上積了些灰塵，上面有雜亂的腳印和部分留下的垃圾，都是處理過後的殘留物。

撥了撥剩下的東西，並沒有看見什麼奇怪的，虞夏從裡面走出來，「我先下去六樓看看，你看完後再下來幫我，如果有事就告訴門外的員警，自己注意一下安全。」

趴在浴室的玖深朝他比了個ＯＫ的手勢。

跟門口的員警交代過後，虞夏走下六樓。

整個樓層安安靜靜地沒什麼聲音，之前他們就調查過了，這棟公寓住的大多是上班族，幾乎整天都不在家，然後就是些空戶。因爲平常沒什麼人，房子本身又很普通，所以才被這夥人選中當據點吧。

到了六樓後，他先與駐守的員警打個招呼才進入現場，那天被他翻掉的沙發被玖深一分不差地放回原位，除了被搬走的東西之外，這裡還維持著屋主使用時的樣子——房裡放了床鋪，上面扔著衣服和有點酒臭味的薄被，牆邊有著簡易的鐵架子掛了些換洗衣物，接著就是報紙、電視、電玩等生活用品，客廳放了好幾個塞滿菸蒂的啤酒罐和吃空的便當盒，看起來一片凌亂。

站在客廳，他看著原本釘著海報的門板。

根據口供，事發當天他們都在七樓包裝毒品，並沒有出門，當時在六樓的就只有摔死的那人，照理來說海報上只有註記日期和門號，在緊急狀況下又只有一個人時，應該會先銷毀其他更重要的東西，不該只是把海報塞進沙發底下……難道那上面有什麼怕被他們看見的東西嗎？

就算是交易地點和時間，現在人都被抓了，消息一傳出去八成也會中止，沒有必要藏起這張紙。

「有什麼特別原因嗎……？」

難道海報上還有其他更重要的訊息？

「老大，你在幹嘛？」在七樓蒐證結束後，來到六樓的玖深看見的剛好是虞夏站在門邊發呆這一幕。

「想那張海報的事。」

「你也覺得怪怪的對吧，我昨天看過那張海報，好像沒啥特別的，就是一般夾報或是路上發的競選海報，沒有其他暗號也不是特殊印製，應該真的只是隨手拿來用而已，今天晚上會送去化驗，看看有沒有啥隱藏線索。」左右走了一圈，玖深在幾個房間裡又採出些小東西放進工具箱，然後翻了翻之後突然愣住了。

「怎麼？」看到他似乎突然陷入沉思，虞夏轉過去問道。

「沒有，我想到了個東西……」玖深看著自己的手腕，瞇起眼睛。

那東西該不會是那個吧？

「……？」

就在兩個人大眼瞪小眼的同時，外面傳來一小陣騷動。

仔細一聽，還聽到外面的員警說著「快走快走」，虞夏直接拍開半掩的門，看見外面兩個不應該出現在這邊的傢伙，「阿因，我不是叫你不要到這種地方亂晃嗎！」

在拳頭砸下來之前，虞因連忙跳開很遠，「等等！先聽我說！八樓的姜大哥願意幫我們做聲音指認，他說他曾聽到案發時的談話聲！快點趁他還沒改變心意去跟他確定合作！」不知道為什麼，他總覺得那個姓姜的人家裡不大對勁，還是早點讓虞夏等人介入比較好。

「真的嗎？」在房子最裡面思考的玖深丟開手上的工作，直接衝出來，「那太好了！老大，我們現在馬上去找他，說不定可以抓到那傢伙！」

虞夏點點頭，然後警告性地瞪了一眼虞因，「別再給我做怪事。」

「好啦……」縮了下脖子，虞因看看上方，「快點去問他吧，我覺得姜大哥好像不是很喜歡警方，怕他會反悔。」

虞夏拍了下虞因的肩膀，跟玖深對看了一眼之後，就往八樓上去，離開前還不忘吩咐同僚不准放自家小孩進現場。

目送著虞夏兩人離開後，一回過頭，虞因看見認識的員警朝他攤攤手，看來也不可能讓他混水摸魚進去了。

打聽過目前狀況，虞因又看了一下屋子，隱約看見小小的影子在裡頭跑跳。

很快地，那個身影消失在空氣中，像幻覺般什麼也沒有留下。

一直跟在旁邊的小聿拉了拉他的衣服，「去哪裡？」看小聿不像是要繼續在公寓裡，他有點疑惑了。

「去該去的地方。」

從樓梯間格中往下望，虞因只看見了黑色的影子在那邊徘徊。

然後，他們露出血紅色的微笑。

□

廖義馬回到局裡時，裡面其實有點吵雜。

他偏頭想了下，就筆直地往裡面走去，「阿夏，發生什麼事了嗎？」看著正在吩咐事宜的虞夏，他一邊遞過手上的小袋子，「這是你的錶，我幫你送修拿回來了。」

「謝了。」直接拆掉包裝，虞夏把原本要自己拿去修理的錶戴回手上，左右看了下，穩穩地掛在上面沒有掉下來，「上次追現行犯時不小心從樓上掉下去，幸好錶帶跟鏡面只有輕微損傷。對了，你也準備一下，等等要做錄音。」

「錄音？」愣了半晌，廖義馬看著旁邊也在做準備的其他同僚。

「八樓那人有聽見那天頂樓的聲音，現在願意出面幫忙，所以我們要錄下逮捕到的所有人的聲音，提供他做初步指認。」站在一邊的簡今銓這樣告訴他，當天就是他跟廖義馬同組在大樓裡蹲點的，因爲繞去看別的地方，沒有在第一時間跟上去，後來被上頭削很大。

「咦？你們不是說他什麼都不知道嗎？」廖義馬愣了一下，連忙過去幫忙整理物品。

「阿因不知道是怎樣去講的，總之對方願意合作，不過他好像很討厭警察，講明了不會到局裡來，而且他家也只讓老大、玖深跟一個檢察官進去，滿機車的。」簡今銓聳聳肩，對於這樣的要求感到有點不滿。

站在旁邊的虞夏突然一人一巴掌從後腦勺賞過去，「時間太多啊！還聊天！」

兩個搭檔對看了一眼，連忙閉嘴，把東西都備妥。

「對了老大，佟那邊狀況如何？」看著旁邊正在簽文件的虞夏，簡今銓認眞地發問：「我聽說今天好像換病房……」

「暫時穩定下來了，轉到觀察病房。」簡單一句帶過去，不打算解釋太多的虞夏瞇起眼睛，「該醒的時候他自然就會醒了。」

「喔……」碰了記軟釘子後，也不敢再問下去的簡今銓只好摸摸鼻子沉默下來，就怕一個不小心會踩到旁邊領頭的地雷。

看看外面深黑的天色，虞夏心想等會調組夜班人員協助幫忙，通宵把錄音事項準備好。

姜正弘開給他們的時間是中午到下午這段時間，晚上到清晨都因爲上班關係拒絕會客。

他一直覺得那個人似乎有點眼熟，不曉得在哪邊看過，另外就是他排拒警員的態度相當明顯，但從他對玖深和虞因伸出援手來看，又不像有惡意，只是單純不喜歡接觸警方而已。

調來了對方的資料，也沒有任何前科或其他問題，應該說姜正弘這個人本身就一個夜班經理職業來說乾淨過頭了，求學時的資料上記載著他非常優秀，甚至得過很多大小獎項，基本上想混到一個待遇相同的白領工作，似乎也不困難。

值夜班期間似乎也不曾有特殊事件，甚至帶的人都很配合，業績還高過其他人，鬧事者也不多，就算發生了也能夠很圓滑地處理掉，堪稱夜晚工作的達人。

但是他就是直覺這個人很怪，也說不上來為什麼。

就在有點出神時，那個應該埋入工作的玖深還穿著實驗衣，手上抓著幾張紙，慌慌張張地跑了進來，「老大、老大你看這個！」還沒喘過氣，他就把手上的紙塞到虞夏臉上，整個人很亢奮，「難怪我就覺得那個姜正弘很眼熟，你看跟這個人是不是很像！」

推開靠得太近的玖深，虞夏抓下臉上的紙張，上面印的是再眼熟不過的東西，應該說它就被貼在布告欄上，那個到現在還沒落網的慣犯。

虞夏多少都有留意過，但是現在被鑑識員警一說，才發現姜正弘的確與紙張上的人身形非常相似，但是檔案照上的臉很模糊，根本不能確定是不是同一個。

會這麼巧嗎？

「這個喔，他不是那個夜班經理喔。」旁邊好事的簡今銓靠過來，隨口講了下他知道的部分，「我有個朋友是負責辦理這件案子的，之前曾聽他講過，所以昨天又打聽了一下。一年前他們也曾高度懷疑過姜正弘，那時就已請他到案說明了，但是發生竊案時姜正弘幾乎都在上班，有好幾打人都是證人，所以就只是長得很像而已。」

「喔，難怪他會這麼機車我們。」廖義馬露出了恍然大悟的表情，「莫名其妙被請來喝茶，不機車都不行。」

「你們兩個太閒嗎！給我去做自己的事！」直接把靠過來聊八卦的兩人惡聲轟走，虞夏才看著匆忙找他的玖深，「看來應該不是他，而且我查過了，姜正弘是獨子，沒有兄弟。」

「唉？搞錯了嗎……我還以為終於可以知道那個神通廣大的小偷是誰了說。」玖深聳聳肩，用一種很可惜的語氣嘆息了一下。

「不過可以參考看看。」總覺得姜正弘討厭警方應該不僅僅是因為被約談。虞夏收起單子，打算有時間再去了解。

感覺有點挫敗的玖深一低頭，疑惑地看向若有所思的人，「老大，你的錶修好了啊？」

「阿義幫我拿去修的，我還以為限量錶原廠送修要等一、兩週，沒想到這麼快就好了。」接著看向自己的手腕，虞夏不在意地甩了甩手。

「喔……總覺得鏡面反光有點怪……大概是看錯了。」又盯了那支手錶有幾秒，玖深才搔搔頭移開視線，「對了，關於收集物品那件事已經都收好了，也有請他們不要聲張，現在正在檢驗中，這兩天結果應該會全部出爐。」

虞夏點點頭表示了解。

「那我先去忙了。」

□

小聿翻著手上的書本。

這兩天虞因安分到有點奇怪，在找了姜正弘之後他就返家，也沒去多做什麼事，接著第二天居然還乖乖到了學校，說只有下午兩堂課，就讓他待在圖書館看書等自己下課。

看著書上的英文字母，不曉得為什麼，他總覺得有點不太安心。

很快地，他的不安心成眞了。

「阿聿——」不知道為什麼突然冒出來的方苡薰一巴掌拍在他肩上，「你哥說你今天要住我們這邊喔，你沒有準備換洗衣物嗎？」

瞪大眼睛看著友人，小聿猛地無法理解為什麼虞因會把他丟給別人，扔下書本打開手機，卻發現那個人關機了，無法聯絡，照這樣子看，他肯定也沒有去上課，說要來學校也只是騙他過來的，而他也真的被騙了。

「怎麼了？我表哥的車在下面等我們喔。」眨著漆黑漂亮的眼睛，方苡薰疑惑地看著他，「對了，你要小心一下那個虞因，他最近臉上不知道為什麼有點死氣、看起來黑黑的，很沒精神，問看看有啥護身符之類的東西，最好叫他帶在身上，不然容易出事。」

小聿偏頭想了一下，在手機上按了些字：「**他身上有。**」

因為之前接二連三出事，虞因又老把護身符掛在他身上，後來虞佟就再去弄了一個一模一樣的讓他帶著。

「這樣就好，上次那個鬼擋車後來想起來還是毛毛的，這幾天還是叫他注意安全比較好。」方苡薰環著手，煞有其事地說：「而且他運勢一直都不是很好吧，他閒事管太多了，又沒有好好處理，很容易和那些東西結怨，雖然好事也做不少，不過另一邊世界的東西不可能都那麼講理，現在人還平安，可是不能保證以後會怎樣，你看他最近氣色很差就知道了，輕微的就是常常受傷，嚴重的話……」她聳聳肩，沒有繼續說下去。

小聿看著手機，沒有說什麼，只是緊緊抓著那支小小的冰冷機械，腦袋裡瞬間浮現出好幾十個虞因可能會去的地方，但是他現在才發現不知道要怎麼找起。

雖然虞因是個很好了解的人，但是眞正想要知道什麼時，卻又覺得似乎不太能懂。

是不是自己先讓對方無法信任呢？

看見來接自己的是方苡薰之後，小聿開始有點反省自己之前的舉動了。

但這不代表他就會對這種安排妥協。

「你又想做什麼有趣的事了嗎？」方苡薰在旁邊坐下，露出了像是蠱惑人般的漂亮微笑，「要找我一起喔，幫你瞞著所有人，包括表哥。」

她也是個唯恐天下不亂的人，事情當然是要多一些才會讓人有活著的感覺。

看著外表無害的美麗女孩，小聿有一瞬間的疑惑，然後他微微點了點頭。或許他們的目的都是一樣，方苡薰一直知道自己想要幹什麼，也知道自己在壓抑什麼，就如同他也知道方苡薰能夠做到什麼。

「那個賣藥的人回來了，我們可以找到他對吧。」說著他們共同的目標，一直都沒有放棄的方苡薰繞著短短的髮，「不拖任何人下水，只要我們兩個就夠了，那個人還欠我們命，唯有我們才能向他討回來。」

輕輕地應了聲，小聿出神地看著窗外。

他一直知道他該做什麼。

所有的事最初都是從他們家開始的。

男人與女人的爭吵聲、怒罵聲，那些讓人難以安寧的巨大聲響，即使把全身都浸泡在水中也無法隔離的噪音。

淡淡的香氣從門縫中傳來，彷彿是唯一記得他的東西，撫慰了令人發狂的吵嚷。

漸漸地，所有人都開始變得麻木，不屬於他們家的賣香人越來越勤地把東西交到男人手上，薰香的味道一天比一天濃重。直到所有人都寄生在那個可憎的味道上，就像只要一失去便會死去般地貪婪活在香氣中。

他就像被排除在那個家之外。

他一直都知道，爲什麼他沒有死、爲什麼沒有殺他，他其實都知道。

血腥的味道與薰香的味道交融，他在黑暗中不知道度過多久。

然後讓他再度見到光的是虞家人，他緊緊抓住了撞開門的虞夏，他不肯放開他們、不肯讓任何一個安置團體接近他，直到他們妥協讓他進入那個平凡到連他都不敢奢求的房子。

那是他的家，他眞的這樣認爲。

但是，他還有事未完成。

直到完成那一刻……

□

虞因抬頭看了一下刺眼的陽光。

這個時間，方苡薰他們應該已經把小聿接走了吧？因爲其他人都在忙……而且說眞的，他是想發洩，反正他們交情那麼好，請他們照顧小聿一、兩天應該也不是什麼麻煩的事。

既然要這樣對他，那麼他這樣回報也是理所當然。

看著路邊來來去去的人潮，他呼了口氣，從附近店家買了束探病用的花束和一籃水果。

時間往前一些——

他離開學校後來到事件現場附近，出了電梯之後敲了敲公寓住戶的門板。

這是出事那棟樓旁邊類似的同型公寓，住戶大多也是上班族，不過幸運的是這邊有些家庭主婦和老人家，把小聿放在學校後他就繞過來這邊逐戶打聽。

他相信警方肯定也做過同樣的事，但是有姜正弘這個前例之後，他覺得一定可以再找到些什麼，說不定是先前忽略的事，也說不定是不敢說出來的事。他不是警方也不是凶手，而是受害者，有時候人們對於這種身分會同情多了。

「那天早上？我剛好出去買菜喔，什麼也沒看到。」姓王的主婦已年過四十，聽過虞因的解釋後，也耐心地靠在門邊說明。最後，她壓低了聲音：「不過我跟你說啊，我老早就懷疑那兩間有問題了，他們經常喝酒吵鬧，之前還曾聽過女人的尖叫聲，我就覺得早晚一定會出事……唉，希望逃走的人可以快點被抓啊，連住的地方都不安全教人怎麼放心。」

在準備了早餐和稍做家事整理之後，八、九點開始，主婦和老人家通常都會陸續出門買菜，所以問了好幾戶都是同樣的回答。

不怎麼意外的虞因嘆了口氣，打算再問下一家。

「對了，你可以去問住在最上面那戶的阿婆，她每天早上都會上去頂樓澆花喔，不過前兩天拿東西時不小心摔了下來，不知道是骨折還是怎樣，她兒子送她去醫院了，聽說要住院。」在他即將離開時，婦人連忙告訴他，「我和他們家相熟才知道這件事，警察好像還沒問過他們，搞不好阿婆有看到什麼。」

婦人說著，熱心地抄下了一排地址和病房號碼給他。

「我先幫你聯絡一下，那個阿婆平常都會和我聊天，人也很好，應該不會拒絕幫忙。」

這就是爲什麼他現在會站在這邊的原因。

想著稍早之前熱心的公寓住戶，虞因捧著花，看著眼前的醫院苦笑了起來。

可能是因爲地緣關係，這棟醫院正巧就是他父親墜樓後被送來的地方，也是他這兩天進出多次的場所。

有時候會覺得命運好像真的會對人笑——嘲笑。

避開了外面的巡邏員警，他從急診室旁的小入口進去。踏入醫院後，他的眼睛又熱痛了起來，四周湧出很多輪廓。有的不斷走動，有的就固定在一個地方，有的幾乎看不見，有的卻比人還要清晰。

雖然虞因從來不覺得看得到是件好事，但是他第一次那麼厭惡自己可以看到，甚至連某些死亡前的哀號都能隱約聽到，這讓他異常地不舒服，似乎這些東西越來越靠近自己，等著自己歸向他們。

讓人全身發寒。

甩甩頭，虞因沒有再想這個問題，他直接忽略掉那些東西，也不把視線放在那些東西上，筆直走進電梯，然後找到目標的普通病房。

還未打開門，他就聽見了小小的誦經聲，那是搭著一點點音樂、誦經機的聲音。他見過這種東西好幾次了，前幾年去加護病房時，看見臉色蒼白的家屬將這種機器小心翼翼地放在病患身旁，帶著祈禱讓那小小的吟誦聲不斷地重複播放。

虞因不知道那個人後來怎麼樣了，只記得白色枕頭邊的誦經機黑得令人印象深刻。

「打擾了。」敲了敲病房的門，從裡面傳來請進聲之後他才輕輕推開。是間單人病房，有個瘦小的阿婆躺在寬大的病床中，誦經聲就是從她旁邊櫃上機器傳來，而床側的家屬床上坐著個大概四十多歲的男人，臉容有些消瘦，看來精神狀態似乎不是很好。

「我是虞因，有位王太太介紹我來這邊的。」將水果和花交給那個男人，虞因站在床邊打量著老婆婆。

目測來看年紀頗大了，可能有七、八十歲，頭髮全白、身材瘦小，骨架外只有薄薄一層皮膚，膚色深沉且布滿了斑點，脆弱的手腕上插著點滴，腳和頭都包了繃帶。

不過她醒著，臉上凹陷的眼眶中是雙半瞇的眼睛，從虞因進來之後就一直盯著他。

「請坐。」男人抹了把臉，讓虞因在一邊坐下後進了浴室不知道是洗臉還是洗什麼，過了一下才走出來，「她有打電話給我們，知道你想問那天早上的事，不過我阿母什麼都沒有講過……」

男人看起來異常疲憊，虞因有點緊張地看了看眼前的母子，「我知道阿婆早上都會去頂樓，那時有沒有什麼奇怪的地方？」

「你問了也沒用，醫生說我阿母已經不行了，她現在可能什麼也講不出來、什麼也聽不到。」男人搖搖頭，迴避了虞因震驚的表情，「前兩天回家後，不知道爲什麼，她一直心神不寧，後來爬椅子要拿東西時摔下來撞到頭，開刀也沒用，就一直都是這樣子，醫生說這一、兩天可能會『回去』了，要我們有心理準備。」

虞因錯愕地看著男子，又回頭去看那個阿婆，半瞇的眼睛依舊盯著他，但是從他進來到現在，老人家完全沒有任何反應，只有誦經機的聲音不斷傳來。

他的腦袋有那麼一瞬間整個空白了。

就在男人眼眶要泛紅時，躺在床上的老人家突然嗚咽了聲，眼珠轉動了。

「阿河啊——」

低低的聲音從誦經聲間傳來，旁邊的男子連忙迎上去，喊了句「阿母，我在這裡」。

坐在旁邊的虞因突然覺得這一幕有點不真實，就好像八點檔連續劇都會上演的那種狗血劇情，他就像個觀眾，看著千篇一律的相同劇碼。

在那重複的劇情當中，阿婆慢慢回過頭來，然後，乾枯的臉上露出了一種怪異的冷笑。

「警察大人……砰砰……」

他有一瞬間呼吸停止。

那雙已經呈現綠色的眼睛像是透過另一個世界在看他，接著阿婆的臉上又恢復了普通的表情，那抹怪異的笑好像是錯覺般，從她臉上消失不見，「阿河啊……對面的雙生仔好久沒看見耶……穿襯衫那個都會給好吃的……另一個怎麼不見了……」

「人家回老家了，上次穿襯衫那個姜先生不是有跟妳說過嗎？」像是安撫小孩似地，男人低聲告訴床上的老人，不敢太大聲，就怕嚇壞她。

「啊另一個人咧……」

聽著他們輕聲的對話，這下子虞因反而覺得奇怪了，「姜先生是八樓那位姜正弘先生嗎？」他是雙生子？

男人重新把視線放到他身上，然後緩慢地點點頭，「我阿母平常都在頂樓澆花曬衣服、曬太陽，對面八樓那個姜先生早上偶爾也會上去，有時候拿一些吃的給我阿母，說是他工作地方剩很多……他大概知道我們的經濟不是很好，常常打包給我們。」

「那我請問一下，姜先生是雙胞胎嗎？」虞因皺起眉，他怎麼記得姜正弘說過是一個人，還沒有任何親人這樣的話？

「是啊，大概有陣子沒看到另一個了，之前我阿母常常在陽台遇到兩個長得很像的姜先生，另外那個穿得比較隨便、好像也比較瘦，似乎沒有姜先生那麼好相處，常常看到我阿母就轉頭走人，也不知道爲什麼。後來曾看過他在公寓出入幾次，可是已經很久沒看過另外那個人了。」男子看了眼還在呻吟的老人，然後按下護士鈴。

聽到對方這樣說之後，有那麼一秒，虞因覺得自己的雞皮疙瘩都立了起來。

「你知道另外那個姜先生的名字嗎？」如果姜正弘眞的有雙胞胎的話，那他突然不敢去想天花板那張臉是誰的。

他一直以爲是錯覺，畢竟活人應該不可能出現在那種地方。

「好像是正什麼……」

「正維嗎？」記得姜正弘說過這個名字，虞因連忙問道。

「對，好像一個叫正弘、一個叫正維。」

正想繼續問下去，虞因還沒開口就先被打斷，依舊在呻吟的阿婆突然抖得抽筋了起來，「警察大人、開槍……」

「妳看到頂樓上的事情嗎？」虞因連忙撲到床邊，幫忙男人壓住渾身抽搐的老人。

「掉下去了、推下去了……好恐怖……」

病房門砰地一聲被人打開，好幾個護士和醫生快步跑了進來，「家屬請先到旁邊。」說著，就把他們兩個推到牆邊，病床邊的簾子唰地被拉上了，隔絕了所有人的目光。

站在外面的虞因不時聽到「血壓沒辦法上升」、「病人脈搏微弱」的對話，老人家的呻吟聲越來越小，幾乎與誦經機的聲音相疊。

旁邊的男子哽咽了起來，拿著包香菸急急忙忙衝出門口。

「阿嬤，聽得到我的聲音嗎？」

護士的問話迴盪在空氣中。

那一秒，誦經機的聲音戛然中止。

粉色床簾猛地被人由內用力扯開，裡面的護士、醫生都不見了，那個乾癟的老人就站在他面前，凹陷的眼睛帶著微微綠色的光芒。

「你不是也要來了嗎？」

她露出了冷笑。

虞因猛然回過神，才發現自己出了一身冷汗。粉色床簾內依舊吵雜，機械的聲響和誦經機微弱的聲音沒有中斷過，停止的是老人的呻吟聲。

他轉頭走出了病房，那個男人身上帶著菸味與他擦身而過，跌跌撞撞地衝回病榻前。

然後，房裡傳來哭號的聲音。

護理站的護士們搖搖頭，靜默無聲。

越過護理站那頭，虞因看見那個阿婆就站在對面，笑容可掬地向他招著手，眨眼之後從他的視線之中消失。

他突然不知道自己為什麼會站在這裡，走廊上奇異的形體陸續經過他身邊，有幾個駐足望向他，接著又離開，好像他才是最奇怪的存在。

伸出了不知道為什麼顫抖的手，他翻出之前從姜正弘那邊拿到的名片，開啓了手機，無視於上面許多未接來電的訊息，直接撥了名片上的手機號碼。

響了幾聲之後，手機才被接起來，對方的聲音有點迷糊，聽起來大概是睡到一半被挖醒的樣子。

「你們對面公寓那個阿婆往生了。」

通話的另一端沉默了好幾秒，「我知道了。」

搶在對方掛掉手機前，虞因連忙問了剛剛聽到的事，「你還有一個雙胞胎兄弟嗎？那個阿婆一直說你有個雙生兄弟，但是你說過你沒有親人。」

「我沒有兄弟，就這樣。」

聽著話筒那端傳來通話中斷的聲音，虞因看著手機，然後再度關機，接著轉向護理站詢問另一間病房的號碼。

起先護士有點支吾地不想告訴他，在出示身分證後對方才給了他一個樓層房號，輪班的護士小小聲地告訴他，警方要求那房不會客，可能過去了也沒有辦法探病。

謝過護士之後，虞因才從樓梯間往上爬。

他覺得自己摸到了很多零散的點，但是幾乎全沒關連，可能真的目睹頂樓狀況的阿婆現在正在等他一起下去，連問話都沒有辦法問了。

她最後講的那幾句話到底是什麼意思？

誰把誰推下去？

他從樓梯間轉出去時，正好看見某個熟悉的人踏進了電梯。

「嚴老大？」

來探病的嗎？

那名法醫身邊還有一個他不曾見過的女人，兩個人說說笑笑的。

盯著再度關起的電梯，他沉默了。

□

姜正弘打了個哈欠。

「不是這一個。」他盯著播放聲音的機器，搖搖頭。

按下停止鍵，玖深有點困擾地看著旁邊的黎子泓，「我們抓到那票人的聲音全都放完了。」

聳聳肩，從陽台邊走回來的虞夏就靠在沙發，也不發一語。

「你確定剛剛聽見的聲音裡沒有一個符合嗎？」看著他們唯一的證人站起身，走向一邊的小吧台弄飲料，黎子泓幾乎要嘆氣了，只好做了無謂掙扎般地詢問。

「嗯，工作關係，不管是臉或是聲音我多少都能記住，你們這裡面的確沒有一個是我那天聽到的。」端了幾杯果汁出來分別放著，姜正弘也算配合地告訴他們：「墜樓的那位員警，聲音就和這位虞警官差不多，死亡的那個我跟他照過幾次面，聲音比較低沉，但是第三個聲音我就真的沒聽過。」

啜了口果汁，他偏頭想了半晌，才繼續往下說：「那天是這樣的，我在陽台邊看帳本時聽到一些聲音，一開始是跑步聲和其他小聲音，接著是虞警官大喊『警察、不要動』，中間停頓了幾秒，接著死掉那人突然大吼『幹掉他』，槍響後另外一人用台語罵了『幹、怎麼會這樣』……再來是些碰撞聲，最後聽到虞警官說『你在幹什麼』，之後他們就摔下去了。」

聽完他的話之後，黎子泓和虞夏同時陷入沉思。

「啊，那麼有聽到打架的聲音嗎？」玖深連忙追問。

「不，沒有，只聽到跑上去，如果是打架應該會很大聲。」否認了扭打的可能性，姜正弘想了想，又開口問了句：「墜樓的警官會得救嗎？」

「他正在努力活下來。」給了這樣答案，黎子泓看了旁邊的虞夏一眼，然後繼續說：

「我們打算在他清醒前找到凶手，順便把這件案子一併解決掉。」

「那麼希望這兩天就可以破案。」姜正弘站起身，露出了友善的笑，「對了，幾位要回去的話要不要順便帶些點心，我們店裡老是做太多食物，原本幫我消耗的鄰居往生了……丟掉有點可惜，看在我這麼合作的份上幫點小忙吧。」

對方都已經這麼說了，虞夏幾個人只好默默收下了幾個打包好的紙盒。

「如果有新的線索再麻煩你。」阻止了姜正弘送人離開的動作，虞夏看著大門在他們面前關上，正想說點什麼，玖深的手機猛地響了起來。

連忙抓著手機跑到樓梯間，玖深一邊向另兩人道歉一邊接起了手機，「阿義？我們在八樓姜先生門口啊……正要回去……嗯嗯……」

無視於講手機的傢伙，虞夏瞥了眼停在一樓的電梯，順手按下，「現在有些問題，那時候爲什麼會有人在報告上寫聽見扭打聲？不管是阿司那邊或是姜正弘這邊，都證實了事發當日佟並沒有跟這條毒蟲有過激烈的肢體接觸……」

「你知道嗎，比起這件事，我比較在意一個地方。」黎子泓微微瞇起眼睛。

「我哥最後說的那句話，對吧。」同樣非常注意那句話的虞夏立刻就提出來了，「『你在幹什麼』……聽起來不像是對陌生人說的話，總覺得……」

「電梯來了。」截斷了虞夏的猜測，在電梯門開啓後，黎子泓率先踏入了狹小的空間，「玖深，你那邊檢驗得如何？」

正在收手機的玖深愣了一下，過了半晌才反應過來對方在問什麼，「啊，那個……全部人的衣物上都沒有喔。」

「嗯……」

「不過有幾個人的衣服洗過了，可能是那天蹲點蹲到滿身汗，一回家就把衣服丟去洗了，說要採集時我還拿到半濕的衣服咧……話又說回來，我覺得有個人的衣服洗得非常乾淨，連汗漬都沒了，大概做了漂白，沒想到居然這麼愛乾淨……不愧是有老婆的人……」玖深在自己的掌心上敲了敲，開始自言自語雜唸起來。

「哪幾個人洗過？」打斷他的碎碎唸，黎子泓直接問重點。

「魯爸啊、阿義、阿銓和煙槍都洗過了，另外車手也有洗，不過化驗時什麼奇怪的東西都沒有，我想應該不是他們吧？」看著電梯門再度打開，玖深才剛踏出去，就有人踏進來差點迎面撞上他。

「欸……？阿因？」

「咦！你們怎麼在這裡！」

看著從電梯裡依序走出來的三個人，正打算去找姜正弘的虞因愣了一下，錯愕地看著電梯門在他們身後關上，整個走廊頓時變得有點陰暗。

「我說過幾次不要到這種地方亂走！你是聽不懂人話嗎！」挽起袖子，虞夏露出了凶狠的表情。

「一切都是巧合啦……真的，相信我。」虞因連忙倒退了好幾步，抓住玖深擋在前面。

「阿因你沒義氣！」玖深連忙掙扎開來。居然拿他來擋老大的拳頭，是想拉他下水一起死嗎！

站在比較後面的黎子泓輕輕咳了一聲，「我先上車等你們。」

「別見死不救……不是啦，我是想找姜先生問點事情啦，你們知道他有雙胞胎兄弟嗎？」閃身躲開虞夏的拳頭，虞因在第二拳打下來前先攔住他們，「今天隔壁住戶有個阿婆在醫院死掉了，不過她跟她兒子都說他們見過姜先生的雙生兄弟……」

「姜正弘是獨生子。」疑惑地打斷了虞因的話，本來想離開的黎子泓瞇起眼睛看著他，

「我們調過他的所有資料，包括他在北部出生求學等，後來父母同時死於交通事故，他自己一個人，也沒什麼其他血親。」

「這不可能啊，那戶人家明明說之前常常看見他們兄弟倆，兩個人長得很像，只是另外一個比較瘦，名字叫正維。」虞因其實也覺得很怪異，才想當面詢問，聽見黎子泓的話，覺得更怪了，「對了，上次我來時曾看到一個阿婆來找他，他們好像也在說那個正維的事……」把那天的事情大致描述一下，自己越講也越覺得不對勁的虞因看向三個大人。

「正維嗎……？」虞夏沉思了半晌，然後撥了手機打回局裡，找了人查這個名字。

「有沒有可能他有個兄弟啥的給人家領養，不然怎麼會還有另一對父母……看樣子姜正弘經常送錢給他們。」小心翼翼猜測著，虞因看著他們。

「出生紀錄應該不會造假，他的確是獨生子。」也覺得事有蹊蹺的黎子泓和虞夏對看了一眼，「這就奇怪了……」

正想說點什麼，玖深才一開口還沒發話，某個像是砲響般的聲音突然撕裂了安靜的公寓空間，轟的幾聲直接從上面傳下來。

「哪家的小孩這麼沒教養，在裡面放鞭炮……」

玖深的話還沒講完，就被虞夏一拳打掉，「有人開槍啦！快點通報中心！」說完，他直接竄向樓梯間，一口氣爬上了好幾層。

「玖深，你先跟虞因回車上。」按著電梯鍵，黎子泓發現不知道什麼時候開始，電梯就一直停在八樓，完全沒有動過。

對方在電梯裡嗎？

□

虞因感到眼睛一陣刺痛。

某種奇異的聲音從另一端傳來，他轉過頭，看見外面那坨東西不知道從什麼時候開始，用怪異的姿勢扭動著全身的皮肉，一抽一抽地往他們這邊攀來，不明的黑色液體順著它移動的軀體不斷滴落在地面上。

另兩個人顯然並沒有看見這個多餘的「移動物體」，正在勸黎子泓先上車的玖深完全沒有注意到那玩意已經快要一把抓住他的腳。

「我覺得我們乾脆一起上去比較好，人多一點也比較安全。」趕在那玩意眞的抓到玖深之前，虞因連忙卡過去，順手把人推後面一點。

像是配合他的話似地，電梯猛地在他們面前打開，叮一聲馬上露出了裡面的方形空間。

「阿因，上面可能很危險……」被推到電梯裡的玖深嚴肅地看著他。

「玖深哥，這次不是我要嚇你，我們如果不快點上去的話也很危險。」他注意到那東西應該是衝著他們來的，雖然移動速度不快，但是第一次閃開之後，它一抽動又轉身抓向旁邊的黎子泓。

雖然不知被碰到會怎樣，但是看到那堆爛肉裡的眼珠充滿恨意時，虞因就知道離這東西越遠越好。

「什麼東西？」一起被推入電梯裡面後，黎子泓愣愣地看著虞因拍打關門鍵的動作。

「嚇！」幾秒後意識到虞因在講啥，玖深整個往後一退，不過退不了多遠就狠狠撞上牆面，電梯搖晃了一下，「是哪個！該不會是外面那個吧！爲什麼外面那個會……」

「不知道啦！」虞因連忙伸手加快關門動作，只看見一截勉強來得及爬進來的手指被電梯門輾斷，然後整節爛肉就癱在那邊不動了。

回頭見到玖深驚恐到極點的表情，相比之下反而沒有改變神色的黎子泓在電梯開始向上攀升之後才帶著疑惑開口：「是針對我們來的？」

「呃……不清楚，我還沒厲害到可以和靈界用語言溝通。」虞因笑笑地隨口回答。盯著虞因看了幾秒，覺得他似乎有點怪的黎子泓才想問點什麼，電梯突然又一個震動。

「這次不是我！」看見另外兩個人的視線往這邊飄，玖深連忙拉高聲音。似乎要幫他澄清似地，震動猛地又傳來，這次他們清楚地感覺到是從電梯地板緩緩震出來，像是有什麼東西從下面撞上來。

輕輕的聲音迴盪在電梯下的空間，接著再重重往電梯底板衝撞，帶來了不小震動。

「跟上來了！」玖深整個人幾乎貼上牆，恨不得離底板有多遠就有多遠。

「那是怎樣的東西？」看著現場唯一知道下面是什麼的虞因，異常鎮定的黎子泓按了電梯的緊急按鈕，整台電梯又晃了兩下，燈光跟著昏暗下來。

「就……你們那時候看到屍體長怎樣就是那樣吧。」虞因抓著扶手，隱隱約約覺得有點奇怪，雖說是警方，但是玖深和黎子泓不曾和這個死人有過直接接觸，更別說是他了，照理來說，「它」不應該會帶著這種恨意找上他們。

「嗚啊！有東西滴到我身上！」已經陷入驚恐的玖深突然跳了起來，直接撞上旁邊的檢察官，「有血——！」他抹了被東西碰到的臉，仔細一看，掌心裡居然有一小片血跡。

「冷靜點……」抓住了快要把電梯撞出一個洞的玖深，黎子泓突然有種以後不可以和這個人搭同一部電梯的深切體認。與現況不符的感慨還未結束，還在晃動的電梯猛地頓了一下，緊閉的門居然打開了。

燈號停在八樓。

一看到光的瞬間，玖深幾乎用逃的衝出了電梯，電梯裡那短短幾秒差點變成他人生的最後幾秒，「你們也快出來啦！」看裡面那兩個人一個看上面一個看下面，就是沒有出來的打算，他連忙鼓起勇氣又把他們給拖了出來。

電梯門關上了。

「剛剛上面好像有東西。」摸了一下自己的西裝，也摸出一點血紅的黎子泓看了他們一眼，「玖深，血跡留下！」脫下外套扔在一旁還餘悸猶存的人身上，他一轉頭就看到電梯已經往下了，連想也沒想，他直接追下樓梯。

虞因才剛想追過去，便瞥見八樓的屋門半掩，裡面傳來有點音量的講話聲，「二爸？」

輕輕推開門，他先看見的就是地面上的血紅。

「不要進來！」

虞夏邊扶著全身是血的屋主邊夾著手機叫救護車並通報，叱住虞因之後繼續加快手上的止血動作，「叫玖深過來，他被槍擊了。」

顯然受創不只一處的姜正弘整個人軟倒在地，斑斑點點的紅色不斷從他身上擴大、滲透，剛剛離去時還很乾淨的地板上也出現了好幾處血色，看起來有點恐怖。

不用虞因開口，門外的玖深連忙擠了進來，「阿因你幫忙引導一下，還有和救援的人說明狀況。」

「好……黎大哥好像跑下去了，怎麼辦？」正想跑下樓，才剛走了兩步，虞因就想到另一個問題。

「他會保護自己，快去！」

虞因應了聲，抽起腳步那瞬間瞥見天花板的格子又被推開，那張青色的臉毫無表情地注視著他們。

然後，那東西不見了。

聽著虞因跑離的腳步聲，虞夏確認所有創傷點都做過止血後，回頭看著眼神已經開始渙散的姜正弘，「你有沒有看見槍手的臉？」低聲問了幾次對方都沒有反應，暗紅色的血幾乎把他的衣服染紅了。

窗外傳來警笛聲，由遠處開始逼近。

「三槍，彈殼都還在。」快速標示了現場狀況，玖深檢查過屋內沒藏其他人，才鬆了口氣，「姜先生傷勢怎樣？」

「很糟，肩膀、胸口和腹部三處，每槍都穿透身體，我想對方應該是眞的想置他於死地，然……」咬牙想說明大概狀況，但是還未說完，一隻沾滿血色的手突地抓住了虞夏的衣服，中斷了他們的談話。

猛然咳出幾個聲音，姜正弘用力抽了幾口氣後，虛弱地重新把模糊的視線放在他們身上，「是那個人……我的手……」

他的聲音太過微弱，以至於玖深和虞夏要非常靠近才聽得見他在說什麼，「你是說頂樓那個人？爲什麼他會在這裡？」

「嗯……我被騙……開門……因爲那個人出示了……」

最後那句話並沒有說完，姜正弘緩緩閉上眼睛，就像放慢速度的影片，留下一點不甘。

幾乎同時，幾名救護人員撞開了虛掩的大門，直接請他們讓到旁邊好進行搶救。

紅色的血一滴滴落下，落在地上變成無數個圓。

虞夏摸著自己身上那些不屬於自己的血，那些濕潤還溫暖著讓他感到燙熱，然後他抬起頭，看見了被抬起的姜正弘一手垂落在一堆人簇擁的擔架外，原本緊握的拳頭像是有著最後意識，慢慢地張開來，一小片染血的破碎玻璃從他手上落下，然後無聲地掉落在地板上，被某個救護人員一腳踩過。

他現在才注意到，其實周圍有很多碎片，都是杯子的顏色，那時候的姜正弘說不定才剛要整理招待過他們的杯子，還沒來得及清理就遭遇攻擊。

於是，他猛然驚覺他剛剛所說的那幾個字代表什麼。

凶手受傷了，被姜正弘手上的玻璃碎片割傷了。

□

「有看見阿因嗎？」

將現場交給隨後而來的員警後，跟著救護人員下樓的虞夏，第一眼就看見了可能是隨車來的廖義馬和幾個小隊同僚，接著是被強制停在一樓的電梯，和正封鎖現場的警力。

「阿因？」簡今銓左右張望了一下，「剛剛有看到他在引導救護人員耶，怎麼一下子人就不見了？」他進來時才打過招呼。

「啊，可能跟救護車一起出去了，好像有看到他協助救護人員一起將患者送上車。」拍了一下簡今銓的肩膀讓他站到旁邊去，原本在幫忙的廖義馬走了過來說著：「老大，又發生了什麼事？」

「姜先生可能被那個我們正在找的嫌疑犯槍擊了，你……」虞夏還未講完的話直接被電梯那端傳來的騷動聲打斷。

幾個站在電梯內緊張望向通風口的員警，扶著不知道哪邊弄來的三角梯，打開後的通風口像黑色的怪獸嘴巴般發出幾個聲響，接著吐出一條手臂，拋下手電筒，接著有人從那裡探出半個身子，仔細一看，是先行追下來的黎子泓，「電梯上有血跡，叫鑑識人員過來。」說著，他按著上面向下一晃，整個人落在地板上。

他從八樓追下來後根本來不及追到什麼，只看見了停在一樓的電梯，與打開電梯後來不及重新關上的透氣窗。

那時上面果然有人。

錯失了第一時間，黎子泓其實並不高興。

「沒找到凶槍嗎？」看著黎子泓寒著一張冷臉向旁邊員警交付事務，廖義馬壓低了聲音問道，「他殺姜先生幹嘛？難道姜先生有認出眞凶嗎？」

「你住海邊嗎？管那麼廣幹嘛！有時間在這邊問問題，倒不如滾去調看看有沒有監視紀錄！」心情極度惡劣的虞夏低吼了一聲，馬上讓兩個還想問問題的同僚快步跑開。

他身上的血色已經開始逐漸乾涸，冰冷且僵硬，黏膩的感覺就附著在他的皮膚、滲透到身體中。

「老大，你要不要換個衣服……」站在一段距離外的廖義馬小心翼翼遞出個袋子，「看起來怪恐怖的，這是附近賣場買的，將就一下，不然媒體跑來會很嚇人喔。」話才說完，外面就傳來了鬧哄哄的問話聲。

劈手奪過袋子，虞夏很乾脆地脫了襯衫丟給鑑識人員，換上那件嶄新到穿了會刺眼的白

T恤，「多少錢？」他注意到裡面還有發票，上面印了三個價錢，「……衛生棉？」另外兩個是代號，看不出是什麼。

盯著他不知道在看什麼，發呆幾秒的廖義馬猛然回過神連忙把發票搶回來，尷尬地笑了幾聲：「那個，我老婆叫我順便幫她買回家……錢不用啦，反正我也是剛好路過買的。」

虞夏狐疑地望了他一眼，正好聽到有人叫喚，便也不再多問先往其他人那邊走去。

「你也太小氣了吧，女人要用的不是有分夜用型和日用型嗎，你買一包哪夠啊，我如果是你老婆，回家就先呼你巴掌。」靠過來的簡今銓看見那張發票上的數據，朝著他擠眉弄眼外加竊笑。

「呼你去死啦，快工作。」廖義馬笑著推了他一把，兩個人在聽見全盤對話的虞夏回頭凶狠瞪視之後，連忙縮著脖子去找監視畫面了。

被員警們擋下的媒體不斷在外面拚命按相機，只求可以多少拍到點什麼。

黎子泓拍著沾滿灰塵的衣服走向虞夏，一面接過了別人替他拿下來的公事包，「這邊先交給你們負責了，晚一點把資料送來給我。」他看看時間，已經錯過一個庭了，雖然有先報備，但回去之後可能還是會有點麻煩。

「好。」

讓幾名員警送走黎子泓後，虞夏看著正在搜查電梯的其他人，又吩咐同僚去頂樓探查有沒有人逃走的痕跡。忙碌了一段時間之後，他才注意到應該還在上面採證的玖深從樓梯上跑下來，而且神色有點慌張。

「老大，我想到一件事了，我要馬上回實驗室——」無視於外面群擁的記者，正要勇猛殺出去的玖深突然頓了腳步又折回來，「你的手錶順便借我一下，快點脫下來！」

說著，也不管虞夏同意了沒，他就急忙地逕自抓著別人的手要搶錶。

「你要幹什麼？」一巴掌直接把玖深的頭推到最遠，虞夏邊瞪著他邊解著手錶，「有什麼發現？」

玖深突然靜默了幾秒，「那個回去再說……阿義有說你的手錶是拿去哪裡送修嗎？」接過了那支運動錶，他開口詢問。

「沒有，不過大概是原廠吧。」

「我記得老大上次是說錶帶和玻璃鏡面有問題，對吧？」玖深左右翻看手錶，很順手地收入了工具箱。

「嗯，追犯人時掉下樓摔到錶殼，那塊玻璃有點鬆動，另外就是錶帶有時候會打開。」虞夏盯著他，把損壞的狀況稍微述明了下，然後閉上眼搖搖頭，「……你如果要查，就多幫我跑一個地方吧。」他按了按額頭，感到有點疲勞。

「哪裡？」

虞夏報了個名稱給他，那是他剛剛才看到的地方。

聽完之後，玖深臉色變得更難看了，「好，我知道了。」他握了握口袋裡的手錶，有那麼一瞬間，他希望自己想錯了。

提著工具箱往前走了兩步，有點不安心的玖深回頭又看了一下，被警方封鎖的現場就如同他所熟悉的一般，然後他回過頭，大步走出了現場。

那一瞬間，他好像在人群中看見了小聿，但是對方很快就消失在黑色陰影的轉角處，像是錯覺。

「看錯人嗎？」

□

手術室的燈仍舊亮著。

在通知不到家人的狀況下，警方嘗試著和店裡聯繫，接著來了一名自稱姜正弘同事，遞出了「午班經理」名片的小女生；年紀可能不比虞因大多少，挑染著一頭茶色和黑色的頭髮，裸露的白皙手臂上刺了幾個看不出名堂的圖案。

對方來了之後不曉得跟院方溝通了什麼，就辦理了代理手續。

跟著救護車前來的虞因看著那個人吊兒郎當地跟員警應對了幾句話之後，就一屁股坐在他右後方的空位，還非常不雅地把腳給放到前面的椅背上，黑色皮短褲差點連半個屁股都露出來，連護士投去的白眼都當作沒看見，「欸，你是警察還是阿弘的朋友？」女生用有流蘇的加高馬靴碰了碰他的肩膀，口氣隨便地發問。

「大概算朋友。」虞因拍了拍自己的肩，嫌惡地換坐了旁邊的空位。

「喔——原來如此，看樣子是大學生對吧。你如果想要來我們這邊打工，薪水還不錯喔，時薪可以調給你一百五起跳、小費對分、業績另計；消費的話更歡迎，拿名片來可以打七折，多介紹點同學，我們這邊算很乾淨啦。」女生放下腳，丟了張名片給虞因，改趴在前面的椅背上，「有很多學校的學生都會來，帶女生來聯誼不錯啦，包廂大、東西也好吃，重點是經濟實惠，學生負擔得起。」

瞄了眼名片，上面並沒有寫這個女孩的眞實姓名，只寫了「小海」這兩個字和手機號碼，虞因皺著眉收下了。

「放心，我們店沒用那種亂七八糟的東西，除了飲料、食物跟音樂以外，啥也沒賣。」從口袋摸出了鋁箔紙，叫作小海的女孩從裡面翻出口香糖丟到嘴裡，「嘖嘖，不過還眞是命啊，我以爲那些卒仔不會找到那個地方去，沒想到那些放重利的還是追過去了，居然還開槍……」

「等等，什麼重利開槍的？」聽著聽著，虞因不得不打斷她的話：「姜大哥是因爲涉入一起案件被凶手開槍，難道剛剛的警察沒有告訴妳嗎？」他看向旁邊正在回電報告的員警，感到十分疑惑。

「啥小？那個警察只叫我去幫他辦一些手續啊，阿弘涉入啥鬼案件？哪個道上的人向他開槍？講出來不用怕，恁祖嬤會讓那支道的滾出來磕頭謝罪。」混著非常鄉土粗俗話語的小海拍了下椅背，發出令人側目的噪音，「幹，敢動店裡的人，眞是嫌命太長。」

「目前還在偵查，我們都不知道是誰開的槍……妳剛剛說放高利貸的是怎麼回事？姜大哥看起來完全不缺錢啊。」而且虞因覺得他搞不好還賺了好一筆錢，看那天他推錢給那個阿婆的樣子就可以猜到了。

「阿弘沒欠啊，那傻子賺得比我還多咧，夜班每次分獎金都會讓人吐血，要不是我要帶午班的，我都想轉過去。」小海用一種不以爲然的語氣，哼了幾聲，「是另外那個欠的。」

看她的樣子似乎不太想對他說太多，虞因想了想，試探性地開口：「你是說那個正維欠的嗎……？我上次有看到他媽媽，他們一家都在跑路？」

小海露出一種原來你也知道的表情，然後冷哼了一下，「一家都在躲債啦，啊不就是那樣，維仔碰了那東西，結果欠了一堆錢還被解雇，利滾利地欠到阿弘那傻蛋大把銀子都送出去了還是還不完，結果就跑路了，放重利的那些人到處在找他，揚言找到就會給他死……還說要是沒看到他的人就要去找他父母算帳。」

「正維吸毒嗎？」虞因不是笨蛋，當然多少聽得懂對方的話。

小海抓抓頭，標緻的臉勾起了冷笑，但是臉上表情似乎又有些複雜，「阿弘是他介紹進來的，後來阿弘業績好到升夜班經理的某一天，來了個白臉鬼賣那玩意，說可以放冷氣讓人客上癮，當然就被他趕走了。結果維仔不知道什麼時候拿了對方的試用品，癮頭越來越大，到最後又去弄藥來嗑，整個人搞得跟鬼一樣，後來被解雇之後聽說還住到阿弘那邊一陣子，最近就都沒聽到消息了。」她頓了頓，壓低了聲音不讓附近的員警聽見：「那傢伙丟了一筆爛債之後，重利的那些卒仔搞錯對象，三不五時來店裡鬧事，要阿弘還錢，被我狠狠教訓過後才不敢再來，恁祖嬤還警告他們以後見一次打一次。」

「姜大哥跟姜正維不是同父母嗎？」注意到她話中的矛盾，也非常在意這點的虞因連忙在對方停下話時追問。

小海偏過頭，笑了，剛開始還算客氣，但是幾秒後變成大笑，等到她笑爽、護士小姐也火大地警告他們之後她才停下笑聲：「就知道你會這樣問。幹，他們兩個簡直就像雙胞胎對不對，他媽的老娘剛開始上班時天天都被唬爛，不過阿弘很客氣做人也很規矩，維仔走偏門的，大概幾天就可以分出來了。」擦掉了笑出來的眼淚，她嘿嘿了兩聲後才繼續往下說，「不過同學，那兩個傢伙並沒有任何血緣關係，一個叫作姜正弘，一個叫作『湯』正維。」

那個「湯」字像是一道雷，直接從虞因的頭頂劈下去，那瞬間他全身爬滿了雞皮疙瘩，震驚得連旁邊女孩後來補上的幾句嘲諷冷語都沒有聽進去。

他突然想起，在女生間流傳過的話題——

你相信，世界上有三個和你長得一模一樣的人嗎？就像是沒有血緣的雙生。

有些疑點彷彿就這樣自然而然地解釋開來。

虞因想起來姜正弘否認有兄弟的事，又想到了天花板上的那張臉，說不定那張臉是……

「維仔也很久沒看到人了。」拿出菸盒敲了兩下，小海想了想，又把東西收回上衣口袋，「那種東西沾了不好，道上的人都在傳，沾上的人都沒什麼好下場。」

虞因沒有回應對方的話，只想著那些奇怪的事，甚至連小海手機響了都沒有注意到。

如果天花板上的那個是湯正維，那他到底是……

「喂！找你的啦。」拿著手機哈啦幾句之後，坐在後面的小海突然從虞因的肩膀打下去。

猛地一驚，吃痛的虞因有點生氣地回頭，「幹嘛啦！」

「就說找你的咩，你同學啦！」小海又把手上的手機朝他推了兩下。

「我同學？我同學怎麼會打電話給妳？」半信半疑地接過電話，虞因聽見另一端傳來的聲音之後瞠大了眼，「一太？」

「別關機，找不到人。」傳來的聲音似乎顯得有點疲憊。

「呃、不好意思……不是，你怎麼會打這個人的手機！」其實虞因最想問的是爲什麼你會見鬼的知道我在這個人旁邊，還打電話來找。

「……你不曉得小海是阿方的妹妹嗎？」

「欸！」他突然覺得今天根本是一連串的驚嚇，於是直接轉頭過去，虞因看著還在嚼口香糖、完全沒女孩樣的手機主人，「妳姓啥？」

「方啊。」小海丟了記白眼過去。

「她小我們一歲，阿方說她高中輟學去跟了老闆。」手機那端傳來簡短的解釋，「阿因，你這兩天小心一點，不要到頂樓上，明天我這邊就可以處理好了。」

「咦？你人在哪裡？」

手機那端根本沒有回答他的問題，只傳來了掛斷的嘟嘟響，接著就是無盡的電子聲響。

「你認識我哥的朋友喔？」接回手機，小海疑惑地發問了。

「妳剛剛不是說他是我同學了嗎。」沒好氣地這樣回她，仔細一看，虞因才發現這傢伙真的有點阿方的影子，只是太過於流氣。

「哈，也對。」小海聳聳肩，把手機隨手插回口袋，又靠回椅背上，「那個一太哥啊，他第一次跟我哥去店裡時，就說我是一塊大鐵板，哈。」

「鐵板？」

小海咧了笑，說她也不曉得，大概是指她混得開、又很凶狠之類的。

盯著女孩看了半晌，虞因也沒繼續攀談下去。

這女孩的江湖味太重了，還有種若有似無的嗜血感，看起來背景應該很複雜，不是適合當一般朋友的那種女性。

猛然驚覺時，才突然發現在小海出現之後，他們四周異常地「乾淨」，平常在醫院多少都會看見東西的虞因連半個影子都沒有發現。

鐵板嗎……？

7

「玖深，你的數據在桌上了喔。」

踏進工作室時，剛好和玖深擦身而過的鑑識科同事打了個招呼，「你昨天丟在實驗室裡，我幫你拿出來了，是夏老大那件案子的對吧，東西不要亂丟，等等出問題就麻煩了。」

「啊，謝了。」玖深回頭抓住正要下班的朋友，連忙拿出從虞夏那邊拿到的手錶，「我有個急件，阿柳你可不可以幫我驗？」

「這不是夏老大的錶嗎？」接過了手錶，值早班的鑑識人員疑惑地翻看了一下。他記得這支錶，那時候大家湊錢和挑款時他也有去湊一腳。

「對，很急。還有順便幫我查一下錶送到哪邊送修，我再請你吃飯看電影，看要長榮還是啥隨便你挑，拜託你了。」瞅著自己的好友，玖深祭出哀求法。

鑑識員直接從對方的額頭上打下去，白了他一眼，「飯免，電影票兩張、要套餐的，我跟乾兒子這禮拜放假要去看電影。」

「我會幫你們準備豪華套票，謝啦！」

丟給對方一記飛吻，送走人之後，玖深快步跑回自己桌上翻看了昨晚剛出來的化驗數據，看到資料上出現了他預想的東西之後，他重重地放下了紙張。

「怎麼這樣……難道那個時候不是……」玖深皺起眉，左右張望了一下，先把數據資料封袋塞進抽屜上鎖後，才坐下來打開電腦調出資料，「該不會這上面的其實是……」

凝神看著電腦，玖深越看眼睛瞪得越大，接著突地傳來的手機聲嚇了他一大跳，等到他震驚過後，才發現是自己的手機在響。

暗罵了「沒事，只是自己嚇自己」之後，他才把手機翻出來，上面顯示著虞因的名字，「阿因，你人在醫院嗎？」接通後他果然聽見了手機主人的聲音，剛剛似乎有聽見其他人說他跟救護車跑了，難得地沒有留在事發現場走來走去，「拿筆……湯正維？」聽到名字時，他整個人錯愕了一下。

「對，我遇到一個姜大哥的同事，她說湯正維跟姜大哥沒有血緣關係，聽說以前是同學，所以可能一開始我就搞錯了。」

「等等……這名字我有點印象。」連忙調出那宗竊盜案的相關資料，玖深果然在嫌疑名單裡看見「湯正維」這三個字，但後面備註傳喚未到案與住處不明等字樣，緊接著下面幾個就是姜正弘，已排除嫌疑。兩個人的長相極爲接近，但是湯正維的相片有些模糊且輪廓也瘦得骨頭有點突出，乍看之下還不覺得兩人很像，不過現在仔細看，才發現這兩個人幾乎是同個模子印出來的，只是其中一個有點變型，「這個人半年前突然失蹤了，他曾被其他轄區抓過購買毒品，後來人就不見了，父母有來登記失蹤，到現在還找不到人的話可能就……」

如果不是嗑死了就是差不多出事了。

玖深沒有把話說完。

「那個湯正維，我覺得可能……那個了，因爲去過幾次姜大哥的家，我都看見他家天花板上有……」

玖深馬上把手機拿離遠遠地，根本不想知道天花板上有什麼，他最近都在那邊出入耶！

直到手機那端傳來好幾個叫喚聲，他才把手機放回耳邊。

顯然也知道他剛剛在幹什麼的虞因傳來好氣又好笑的聲音：「總之，你們找些人順便看看天花板上是不是有問題。然後我已和那位姜先生的同事問到湯正維父母現在的住址，你抄一下，說不定可以問到些什麼。」

「我會告訴老大。」然後請他叫其他替死鬼上去看看。如此想著地玖深快速地把聯絡地址抄下來，「對了，阿因你這幾天到底在幹什麼，我覺得你有點怪怪的耶……」行爲怪就算了，反正他們也都習慣了。但是他看到虞因時，總覺得哪裡不對勁，整個人看起來好像哪邊有問題，但又說不上來。

「也沒幹什麼，不就只能等我爸沒事嗎？」

驟然口氣變冷的話語讓玖深一下子接不上話。

「放心，我沒事，快點把兇手抓出來吧……」

然後，通話被切斷了。

看著已經無聲的手機，玖深只覺得眼皮跳了跳，隱約間好像有哪邊不對勁，邊想著大概是自己想太多，他邊撥了通電話給虞夏告知這件事，掛斷後隨手把寫了地址的便條夾在桌邊，等騰出空之後再找人一起過去拜訪好了。

再度看向電腦上的資料，他特別調出了其他比較清楚的照片，核對了姜正弘和湯正維這兩個不同的相同者。

「奇怪了，我明明覺得那張照片應該比較像姜正弘，怎麼會搞錯人……」翻出了他拿去給虞夏那張紙，時間是比較近期的。

又調出幾個監視畫面，玖深注意到半年前拍到的的確都是比較瘦的身影，近期的雖然有點相像，但是似乎就沒有那麼虛瘦了。

而且他突然想到，這個慣竊重新出現後竊盜模式有過改變。

如果半年前拍到的那個慣竊是湯正維，那姜正弘後來爲什麼要假扮他再出去偷東西？

「奇怪了。」玖深抓抓頭，怎樣都想不出來不缺錢的姜正弘頂替這個位置的意義爲何。

看著幾十張監視器拍到的畫面，他吐了口氣，先把東西記錄下來之後關閉畫面，接著才重新打開原先在查看的資料。

現在，他必須把精神放在老大的案子上。

不久後，內線響了。

「阿柳嗎？」

「我幫你拆解夏老大的錶了，手錶本身被清理得非常乾淨，但是，在指針的背面有血跡，另外玻璃不是原廠的，原廠鏡面玻璃是有點弧度精工雕磨，但這個是平面的，肉眼判斷應該是一般鐘錶行使用的市售品，你要不要自己過來看看？」

玖深閉上眼睛。

□

最先提出疑似扭打中墜樓的是誰？

翻開了所有人當天的工作報告，在大樓附近部署了好幾組警力，但為免被發現，置於公寓一樓倉儲的只有兩人單位的一個小組。

那時簡今銓因為聽到異聲所以先行離開在附近查看，發現無線電無法接收，正打算通報的廖義馬聽到了聲音，接著看見「虞夏」衝上樓去，於是聽見了聲響，判斷有可能遇到了當時正在六樓的死者。

接著聽見腳步聲，他追了上去，還未到頂樓便聽見疑似扭打聲與槍響，最後只來得及看到「虞夏」和死者雙雙墜樓。

簡今銓在稍後追上，隨即下樓與後到支援的警力協同制伏被驚動的其他目標。

五分鐘內，通報的救護車到場，同時認定死者無生命跡象，已當場死亡，所以以救援另一名墜樓者爲第一任務。

「廖義馬嗎……」

黎子泓指尖敲著紙張，比對了其他報告，只有他與簡今銓寫上了聽見疑似扭打爭鬥聲，簡今銓的還比較含蓄，後面附註上提及聽到廖義馬的現場描述。

「你也覺得那個人怪怪的對吧。」一旁的嚴司把帶來的報告放在桌上，然後一屁股坐上旁邊的椅子，「就像我之前說過的一樣，不要說扭打了，巴他一下或給他個黑輪紀念都沒有，屍體上唯一的接觸痕跡就是手。除去槍傷，死者的手腕上有多處瘀傷、抓傷與重力造成的手腕脫臼，另外老大的則是肩膀脫臼，兩人身上都是墜樓時造成的擦撞傷。根據現場毀損判斷，是撞上下面樓層的遮雨棚、陽台，鑑識人員之後在五樓陽台邊發現一些痕跡，說明老大墜樓當時應該是嘗試想減緩速度，曾試圖抓住公寓外部一些東西，不過因爲拉著一個人，所以才無法……嗯，順利發揮，他單邊的手掌與手指上擦傷、挫傷、撞傷都非常嚴重。」

「他們是在墜樓那瞬間才有接觸，很可能是爲了救死者才碰到的，根本沒有扭打這回事。」蓋上了報告書，黎子泓站起身，不過卻因爲突如其來的暈眩稍微踉蹌了一下。

「欸欸，你該不會跟老大一樣，也兩天沒睡了吧？」嚴司看著友人按著太陽穴的動作，想到另外那邊也有幾個人這幾天都混在局裡沒離開。

「熬夜把其他資料看完而已……我也不是只有一個案子要處理，因爲這件事延誤到其他的受害者，對他們也不公平。」等待不適過後，黎子泓把已經完成的其他工作封袋放在桌上，撥了幾通電話讓人來拿，就開始準備外出所需。

「根據專業醫生的建議，你最好現在先回家睡至少六個小時，不然人在精神恍惚時絕對會做出錯誤判斷，接著造成冤案的發生或是工作效率下降。」嚴司直接劈手拿走對方的公事包，看了下手錶，早就超過他前室友上班時間很久了，「最糟糕的就是開車還會開到睡著，醒來時已經開到台中港去了，你說有多危險就有多危險。」

「聽你在胡扯。」扯了下唇角，的確也感到自己體力快到極限的黎子泓同樣看了一下時間，「我睡兩個小時，晚點我得去找玖深……再叫我起來。」說著，他直接坐回椅子上，把工作椅往後調整躺平。

「啥！你當我是鬧鐘啊！不回家好歹你也去附近旅館租個三小時啊——喂！」看到友人眞的無視於他瞬間入眠，抗議無效的嚴司翻了翻白眼，拿出手機調著鬧鈴時間，然後自己也坐回位置上。幾分鐘後他頻頻打起哈欠，跟著也閉上了眼。

室內瞬間安靜下來，連空氣都跟著靜止。

約過了幾分鐘後，辦公室的門被人小心翼翼地推開，發現裡面的人在休息，來拿公文的女孩立刻閉上了正要開口的嘴，看看兩人沒被吵醒，她躡手躡腳地走進去，拿起已經封裝好的牛皮紙袋。

正要退出去時，她瞄到桌上設有鬧鐘時間的手機。

兩小時？

她看了一眼在這邊通宵好幾天的檢察官，已經熬到人快瘦了一圈，又看了看最近工作也很勤勞還常常拿飲料來請他們的某法醫，突然覺得兩個小時好像太少了點，至少對於缺乏睡眠的人來說，這不是足夠的休息時間。

於是她自作主張把手機調成震動，同時也取消了鬧鈴，再小心地把手機放回原位。

下班前叫醒他們應該來得及吧。

女孩這樣想著，退了出去，順手關掉了辦公室亮到刺眼的日光燈，關上門之後，她好意地請附近的人盡量不要去吵他們休息，有事情晚點再進去。

時間一點一滴地開始流逝。

「天花板上什麼也沒有。」

□

看著手機上傳來的簡訊，虞因笑了下，詳細內容玖深並沒有告訴他，只傳來結果。他打開第二封簡訊，是小海傳給他的，上面寫著姜正弘目前在加護病房觀察，還未脫離危險期，因為她還得回去頂夜班的工作，所以除了警方之外，她還另外找了幾個可信的兄弟和看護過來，暫時不會有危險。

至於那些兄弟是怎樣的兄弟，她就沒寫了。

清晨，他就坐在家門口。

空蕩蕩的房子誰也不在。

街道上是熱鬧的，霧色的形體每隔一小段時間就會從他面前晃過去。坐在這裡，他看見每片被路燈映亮的玻璃上都出現了人影。

像是皮影戲般，在黑白景色之中的居民。

初次看見時，還沒意識到代表的是什麼意思，但是現在卻清楚得不可思議，每塊玻璃中的人影來來去去，彷彿已經停止的時間在那端流逝。

他想起一些事情，很小的時候有段時間他都跟媽媽坐在類似這樣的地方，當家裡的男主人徹夜不歸或是遇上重大案件時，她就會牽著他在住所警衛室的門邊坐著等待，有時候是兩個人靠在一起睡著，有時候就這樣坐到天亮，當他被輕輕拍醒時，已經被母親或父親抱上樓、放在冷冷的被窩中。

那張女性的臉非常溫柔，而且美麗。

就算過了再多年，他依舊可以想起那張熟悉卻又陌生的臉孔。

黑影慢慢從空氣中脫出，像是顯影般由淺而深，一層一層的顏色環狀地將他的四周包圍了起來，看不出面孔的黑色臉型都有著相同的深色嘴巴。

「就算找上我也只有一個人，你們已經沒有辦法離開那裡了。」看著那些黑色影子，虞因伸出自己的手，已經有大半都被染黑了，和眼前的東西一樣的色澤，「看到你們這種東西，原本就不想同情了，我幹嘛要去找出凶手是誰。」

他到現在才理解到這群等替死的鬼幾乎沒什麼憐憫心，他們原本有機會被超渡的，但是他們留在那一頭，帶著怨恨目睹凶手的下場，把沒關係的其他人都拖下水當替死鬼。

那時候他只想著要找回其他同學，於是揭開了別人隱藏的祕密，直到現在這些「祕密」的東西跟在他後面要拖著他一起下去。

虞因開始有點理解為什麼虞夏總叫他不要管這些事。

因爲他無法收拾。

他只想到他可以做些什麼事，但是他沒有辦法「繼續」做下去。

黑色的東西咧開了深紅色嘴巴，從裡面發出了腐臭的味道，帶著血腥與泥土的臭氣瀰漫在空氣中。

然後，它們慢慢淡去……

清晨，從巷口另一端駛來的黑色房車在柏油路上猛然停下，那些黑色的霧氣被氣流沖散、完全消失不見。

一只被擦到發亮的黑色精緻皮鞋出現在他的視線裡。

他慢慢抬起頭，看見一個陌生男人站在車前，穿著名牌西裝掛著鑲鑽金錶，約四、五十歲左右的面孔上有著歲月痕跡以及讓人不太舒服的壓迫感。第一眼他就知道這個人不但不好惹，而且還不是什麼好東西——

他看見了那輛黑色房車後座上有好幾個鮮血淋漓的人體。

「我回來了。」那個中年男人露出了冷笑，然後帶著金色戒指的手指點燃了一根平凡無奇的白菸，帶著熟悉淡淡的甘甜味。

「你是王鴻的誰？」知道這個人遲早會找上他，虞因倒也不怎麼意外。應該說他在看見門上的貓時就有心理準備了，這次的事情是衝著他來的。

男人折斷了那根菸，細長的菸身落在地上，仍持續燃燒著，「他是我兒子，你眞的很有種……是條子罩著所以你覺得沒事嗎？」

「不幹那種事，幹嘛需要被罩。」看著車裡那些血肉模糊、貼在車窗上的東西，虞因環著手，知道這個人也不是善類，這種話對他根本完全沒用，「王鴻還沒死嗎？那麼多人都死了，他居然還沒死。」他還以爲變成那樣，應該不死也難善了。

黑色皮鞋踩上了那根菸，男人微微彎了身，一把抓住他的肩膀，「今天是我兒子的第四十九天。」

虞因看著抓住自己的手，異常冷靜地把視線轉回男人身上，「然後？投胎了嗎？」

「我兒子每天晚上都在叫我送你下去做伴，你覺得呢？」

拍掉對方的手，虞因站起身，看見了黑車那邊扭曲的另一個人，「我覺得你最好跟他溝通一下，叫他不要想太多，不然就會像一些東西到現在還沒辦法離開，對任何人來說都很可悲。」那個曾經是人類的東西，有一半都是黑色的，凹陷破爛的頭與臉部呈現他瀕臨死亡時的樣子，霧灰色的眼睛鑲在破碎的皮肉中瞪視著他這邊。

「……走著瞧吧，我們走著瞧。」男人撂下這句話之後，轉頭走回車後座，打開門後，車內那種奇異的臭氣連站在另一端的虞因都嗅得到。

他看著載滿了怨恨的黑車消失在街道另一邊。

清晨的天空開始慢慢亮起。

街燈的光逐漸被自然光取代，如同往常般，各家各戶開始發出早起的聲響，廚房鍋碗瓢盆移動的聲響、瓦斯爐被點燃的聲音……

他面前出現第二個人。

「回家。」不知道何時站在他面前的小聿輕輕開口說道：「那個人，你不能碰……他是賣藥的人……」

彎下腰，小聿拾起了那根帶著詭譎香氣的細菸，已熄滅的菸頭掉下了幾許灰黑色餘燼。

「你是說你之前在街上看到，賣香給你家的那個人嗎？」虞因抬起頭，看著他把玩那根踩成兩段的菸。

漫不經心般地弄掉了手上的菸蒂，難得多話的小聿用一種非常認真且嚴肅的表情直直看向他，「是……接下去，可能會受傷……我需要有個結束……你們不該被牽扯進來……」

虞因站起身，輕輕地拍了拍他的頭，接著他轉過身，看著空無一人的房子。

「做完、直到做完以後……」

往前踏了一步，小聿猶豫著抿了抿唇。

做完之後，他……

□

玖深翻開了所有檢驗報告。

「太乾淨的那件衣服……」一頁一頁翻開，他翻出了要找的部分，同時也調出影像記錄，「廖義馬……怎麼會……」看著上面的分析報告，幾乎所有人身上都沾染了那天在公寓中的毒品原料，或多或少，就算洗過了還是有跡證，唯獨廖義馬交上來的衣服沒有。

他上交的衣服不是當天穿的那件。

「這支錶裡的血跡我也幫你做好分析了，是佟的沒錯。」坐在他旁邊同樣熬了整晚的阿柳，拍著桌面上封袋的證物，「其他部分都被清過了，但是他疏忽掉一些細節。另外就是，錶面玻璃我幫你調查過了，原廠那邊沒有維修記錄，不過這兩天南區那有鐘錶行接到這支錶，是急件，當天代領的人是簡今銓，送去維修的則是廖義馬，他付了雙倍價錢，要鐘錶店老闆用最快速度修好並清理這支錶，所以老闆印象很深刻。」

「所以，這是原廠的錶面玻璃。」看著自己在現場找到的小圓玻璃片，玖深和旁邊的同事對看了一眼，「我請原廠幫我查過，上面有個小小的廠商刻字，應該和阿佟那支一模一樣，這兩支是限量雙生錶，有同樣的編號，只要拿到阿佟那支就可以完全確定了。」

「我現在過去拿。」阿柳稍微整理了桌面的東西，站起身，「對了，你脖子和臉上的傷到底是怎樣啊？問了兩天都不講……如果是被飆車族打的，記得去備案啊，最近死小孩眞是越來越多了，我家住得比較偏僻，常常看到一堆小孩在飆車。」

「這不是，是被涉案者攻擊的，老大們說不要聲張。」仔細想想，從一開始虞夏和黎子泓就在懷疑自己人了。下意識摸了摸脖子，玖深有著如此深切的感覺。

他不曉得為什麼廖義馬會站在對方那邊，也不知道為什麼對方會對他出手，因為他認識的那個人，是體恤同事、偶爾會帶點心來慰勞大家、認眞工作的人。

「我們不知道每個人表現出來的跟他心裡想的一不一樣。」阿柳看了他幾秒，搖搖頭，「做好工作吧，對我們來說，『為什麼』這三個字是放在最後才能問的。」

「我知道。」

在同事離開後，玖深鎖上了電子門。

那是清晨無人之時。

他抬起頭，看見廖義馬就站在玻璃門的另一面。

□

他一直記得那件事。

在黑暗中，塑膠繩用一種難以置信的極快速度消失了，被昏黃燈光映亮的黑色道路無止盡綿延，像是要從這裡延伸到無法碰觸的另一個世界。

一道道人影站在小路兩側不斷對他招手，有著他熟悉的聲音，以及似曾相識的身影，用著同學們的面孔讓他繼續向前，沒有任何停下腳步的遲疑。

清醒之後，有那麼短暫的時間，他完全忘記這些事情。

夕陽斜下後，在彼端等待的那些東西。

那條路上沒有人在等他，也不會有人陪他，他看見的是無盡的黑，聽見的是無止盡的靜默，就像孤獨一人來到這裡一樣，自己終將孤身離開。

直立在眼前的門後充滿了聽不懂的竊竊私語，泛著青光的眼睛眨也不眨地迎接他。

那裡充滿的是寒冷和悲怨。

他們不甘心其他人能夠活著，踏足在他們死亡的這片土地上，活著的人還能笑著、跑著，而沒有任何人會記住他們。成爲大火之後報紙上的驚鴻一瞥，茶餘飯後的即時話題，於是他們就這樣永遠沉睡在泥土裡，等待吸收其他生命。

替身是妒恨的藉口。

打開那扇門的瞬間，他就明白了。

那些東西衝著他釋出了最大惡意的笑，於是他也知道了，即使抓到足夠的人數，他們依舊會繼續尋找下一批人，一直一直——

所以他們才會待在那邊，沒辦法離開。

他們帶著的是樂於看人們死亡的怨恨，期望人身受如同當年自己死於異地無人尋找的淒慘痛苦。

猛然驚醒時，整個天空已經泛亮。

虞因吃痛地抬起自己的手，才發現左手臂不知道被什麼東西割出一道大傷痕，已經有點發麻的傷口不斷汩汩冒出暗紅色血液，無意之間，在他走過的路上滴了一條血痕。

不知道是什麼時候，他爬出了只睡不到兩小時的被窩，穿著T恤和牛仔褲，站在他沒看過的堤防上，只要再一步，就可以跳下看起來不怎麼乾淨的黑色大排水溝裡。

這時是早晨，幾個排好路隊準備上學、帶著鵝黃色小帽子的小學生們就站在路的另一邊，睜大眼睛愣愣地看著他，似乎對他的動作感到不解。

虞因跳下堤防，按住了還在冒血的傷，疑惑地辨認這地方，全是陌生的景色……他慶幸還好自己有穿球鞋出門，也不知道已經走多遠了。檢視身上的大小擦傷以後，最嚴重的還是手上這條。

他不太清楚爲什麼那些東西不讓他一次痛快就算了，畢竟他們這樣纏著，也滿浪費時間的……難道他們在等時辰嗎？

等等，這樣想起來或許有可能，不然爲什麼那群東西接二連三的舉動都沒有把他弄死？

看著傷口發怔時，路邊的小學生邁開了腳步，只留下了一個男孩不顧路隊長的呼喊，定定地看著虞因。

在虞因注意到對方靠過來之後，男孩遞出了乾淨的手帕與衛生紙，鵝黃色的帽子下傳來了聽不出情緒的淡淡聲音：「……老師。」

「小班長……？」有那麼一秒虞因錯愕了，他看見只有自己一半高的男孩慢慢拿下小帽子，露出了那張他本來以爲應該是再無交集的臉孔。

「附近有診所。」男孩指著有點距離的街道這樣告訴他，然後將手帕壓在他的傷口上。

「你怎麼會在這裡？」盯著似乎長大了點的男孩，虞因也任由對方擺布，讓他拉著自己往街道那邊走，轉過街角之後，果然在盡頭那端看見有個不起眼的小診所招牌，只是不知道這麼早的時間對方開業了沒。

「……後來奶奶把我接到這邊，學校和路上每天每天都有記者，持續好久，所以轉學了。」像是別人的事情般平淡地陳述著，季佑胤這般告訴他：「學校、大家都說老師殺人，媽媽是殺人狂，桌子椅子都被亂丟破壞，這邊的人不知道，所以比較安靜。」

盯著小小的黑色腦袋，虞因一下子五味雜陳不知道應該先開口說些什麼，男孩的事多多少少都留在他心底，安慰這種話語他不會講，但是問人家感覺怎樣好像也很白目，慰問人家生活似乎也太多餘。

就某方面來說，他也是讓男孩陷入這種窘境的推手之一。

「老師爲什麼會在這裡？」略略頓了下腳步，男孩半仰起頭看他。

「這個……說來話長，我想大概是有什麼髒東西吧。」看著泛黑的手，虞因冷笑了一下，「大概是我管太多閒事。」瞄了下附近的門牌，幸好只是跑到鄰區，看來短短的時間不足以讓他走出自己所在的縣市，至少這點算是安慰。

偏頭看他，季佑胤停下腳步，診所果然還沒開門，上面印著九點才開始營業的字樣。

「醫院還要走很遠。」看著不斷冒血、已經把手帕都染紅的傷口，他皺起小小的眉頭，「老師，要幫你叫救護車嗎？」

「不用，走過去吧。」其實應該要叫警車，虞因有點好笑地心想，說不定這邊也會碰到認識的警察大哥，畢竟他家二爸遠近馳名，因此他也認識了不少其他區的員警。

像是怕他的血眞的流乾，季佑胤又翻翻身上，找出了乾淨的體育服又幫他包了一圈，然後拉著他快步走過大街。

早晨，空氣在一夜的沉寂後似乎乾淨了些。

他從未想過有一天會走在陌生的街道，遇到關係尷尬的人。

看來比他還要緊張的季佑胤張望著四周，沒看見可以求救的大人，重複了幾次差不多的動作後，規模較大的醫院終於出現在他們的視線裡。

「啊，我身上沒有錢和健保卡。」用另一隻手摸了摸自己身上，虞因才發現居然連手機都沒帶，看來眞的得打通電話叫人來救他了。

「我身上有錢，今天要交講義費。」翻出了書包裡的錢袋，季佑胤讓他看見裡面的兩張大鈔，「所以，老師你不用擔心。」

看他還是像以前一樣，講話老是有種小大人般的口吻，不自覺笑出來的虞因拍拍他的頭，「眞是多虧你，得救了。」不管哪方面來說，至少他現在的心情輕鬆許多。

如果最後可以再見到他是安排好的，虞因突然覺得這樣其實還挺不錯。

還沒踏入醫院，眼尖的護士已經先拿了止血繃帶跑出來，領著他們到急診室，裡面或坐或站了其他傷患與病患，每個人都朝他們這邊投來一眼，之後又毫無興趣地低下了頭繼續等待，或是做著自己的事。

一個空位被安排出來，他們坐在那邊等醫生看診。

虞因看著陌生的醫院、陌生的人，還有來來往往、清晰到讓人厭惡的另一世界居民。

他從未去深思爲什麼自己能看見這些東西。

發生車禍後就漸漸可以看見，隨著虞佟的視力減弱，他還一度懷疑那些視力是不是用到他身上了。

不過，也只是可笑的臆測而已。

現在，可以看見這些的原因，他或許已經了解了。

眼睛劇痛的機率越來越低，經過了前陣子的發作之後，看見的東西一次比一次還多。

他可能眞的回不了頭了。

伴隨著理解的代價，就是現在自己的這副模樣和處境。

坐在旁邊的季佑胤抓住他的手臂，突然打斷了他的思考。

把臉低到不能再低的男孩放在大腿上的另一隻手握著拳頭，緊張到指間已經有點泛白，像是在掙扎什麼，過了一小段時間之後，他才小心翼翼地開口——

「現在，我過得很好。」

「玖深不在嗎？」

虞夏探頭看進鑑識科，沒看見人後，疑惑地聳聳肩，然後往自己的位置走去。

「夏老大，等一下。」喊住了虞夏，整晚沒睡的阿柳打了個哈欠，用力伸展筋骨，然後從工作室裡追了出來，「玖深早上突然不見了，我在想不知道是跑回家還是去了現場，他手機忘記帶走；另外有份報告要交給你，可能滿嚴重的……」他遞出手上厚厚的資料袋。

早上他才離開去拿個錶，回頭人就不見了，電話也打不通。不過因爲玖深常常一想到點什麼就衝去現場或到處跑，所以他們也都習慣了，或許下午或過一會兒人就會回來。

「報告？」接過重量不輕的紙袋，虞夏看著眼前較少互動的鑑識人員。

「就那個……」張望了一下，直到走廊上沒人之後，阿柳才靠近虞夏耳邊，把昨天到今日他和玖深的發現大致說了下。

虞夏半瞇起眼睛，「確定了嗎？」

「嗯，我重複檢查了幾次，沒有任何問題。另外，鐘錶店的電話地址我也記下了，對方願意和警方配合，所以你只要直接找老闆就行了。」阿柳點點資料袋，告訴他那些文件也都夾在裡面，「手錶裡的指針和零件在正常狀況下是不會沾血的，如果沾了血，代表那時候錶面玻璃已經掉了。」

「我知道了，謝謝你。」

阿柳拍了拍他的肩膀，然後才走回鑑識科準備下班。

拿著那疊厚重的報告轉頭往回走，沒走多遠，他小隊的人遠遠看到他立刻就衝了過來。

「阿義今天進來沒？」虞夏看見有人跑過來，對方還沒開口，劈頭就先發問。

「咦、啊？沒有，還沒看到人。」員警很快想起自己的目的，邊跟著虞夏繼續往前的腳步邊開口：「彰化那間旅館八三七和八三九兩間房間今天早上取消了，我請那邊派出所的同仁幫我注意，結果旅館的阿桑今天早上告訴他有人打電話去取消，說房間不要用了。」

「可以猜到。」畢竟人都被他們拖回來了，所以聽到這消息虞夏並不驚訝。

「不是，重點是在……那通電話是從我們警局附近的公用電話打的。」已經請人查過的員警連忙這樣告訴他，「就在我們附近不遠，不過那裡是一般住家外面，沒有監視錄影器，也因爲太早了所以沒人看到是誰打的。」

「聲音呢？」頓了一下，虞夏停下了步伐。

「是個男的，據說聽起來滿年輕的，其他的事阿桑就不知道了。對方只告訴她臨時有事不過去住，要她取消掉房間……只有這樣。」

虞夏點點頭表示知道。

「還有一件事，你要我們去調公寓附近賣場的監視器已經調到了，那時阿義的確有去消費，這個有什麼……」

「他買了啥？」打斷了同僚的問題，虞夏瞪了他一眼。

「呃，衣服、褲子跟一包衛生棉……大概是這兩天沒什麼時間回家，換洗用的吧……」

話被越瞪越小聲，那名員警縮縮脖子，自己消音了。

「他是要拿衛生棉當內褲嗎！」

被虞夏一罵，員警才想到如果是換洗衣物，的確是缺少了這件東西。

虞夏沒去管員警有多委屈，想著那天衣服拿給他穿了……他總覺得那件衣服是專程買給他的，因爲他和廖義馬的衣服尺寸不一樣，廖義馬沒道理特地買自己穿不下的衣服……而且，他應該也不會知道自己的衣服會被血弄髒才對。

另外，那件多買的褲子到哪裡去了？

其實不太想去多想，但是那天姜正弘的確傷了犯人的腳，如果凶手眞是自己人，那麼爲了不讓他們起疑，換掉褲子也不是什麼奇怪的事。

不過在短短時間裡，廖義馬是怎麼幫自己止血的？

何況那天他並不覺得對方走路有問題。

「不對……時間點有問題。」猛然想起，從他跑上樓追凶手到黎子泓追下樓，接著其他警車來援的這段時間並不長，尤其當天有很多人證明廖義馬幾乎是在第一時間就到了，那麼他去買這些東西的時間是……？

「賣場的監視器畫面在哪？」虞夏抓住了旁邊不敢多嘴的同僚，直接發問：「上面有沒有時間？」

「咦？片子還在電腦裡，要等你過去看，時間當然有……不過我沒記住……」有點尷尬地笑了下，員警很怕對方直接往自己招呼拳頭。

「你先去看，這些東西轉給黎檢察官，查到時間馬上打電話給我！」把整疊資料都塞進同事手裡，虞夏突然想到了一件非常不對勁的事。

他覺得很有可能忽略掉了什麼。

「咦？老大你……」

還來不及問發生什麼事，那名員警呆呆地看著虞夏用很快的速度消失在轉角。

尿急嗎？

□

虞因猛地站起身。

「怎麼了？」站在旁邊的季佑胤端著裝有熱飲的紙杯，被他嚇了一大跳。

虞因注視著醫院玻璃門外，看見好幾條黑影堵在入口，咧開了紅色的嘴，像是在對他叫囂，但是形體有些扭曲，很快就不見了。

他感覺有點不大對勁。

站在門口的兩個小孩在對他招手。

「小班長，不好意思，我可能要先走了，跟你借的錢過兩天我會再拿來還你。」他注意到那兩個小孩似乎也怪怪的，但是說不出來哪裡怪，原本半透明的身體變成整個霧黑，除了半張臉還可以辨識之外，沒仔細看還眞看不出來是什麼。

「咦？可是醫生剛剛說……」

「啊，沒關係，我很習慣了。」他苦笑了下，說出口後才突然驚覺原來自己已經這麼悲哀了，連上醫院都可以習慣，「我有事得快點離開，眞的很高興在這邊遇到你。」

季佑胤把飲料杯放下，連忙摸著口袋，掏出了幾張找剩的紅色鈔票塞給他，「這個給你搭車用，老師……你要小心喔。」

不知道男孩爲什麼會吐出這樣的話，愣愣地看了他幾秒之後，虞因才收下紙鈔，「好，我答應你會把欠的錢送回來給你，上學要乖喔。」

季佑胤很認眞地點點頭。

離開時，虞因似乎聽到水聲。

他不由自主地往回看，看見還站在醫院裡的男孩身邊有個女孩，笑吟吟地對著他揮手。

沒有先前見到的那種怨恨，也沒有任何不自然，小女孩拉著兄長的衣襬，微笑地消失在空氣之中。

回過頭，他感覺眼睛又開始發痛。

四周的東西似乎又更清晰了些。

甩甩腦袋，他招來計程車。一搭上車，他就看見副駕駛座上的小孩轉過頭，半腐爛的臉出現了不知道算不算猙獰的笑容——他看起來似乎非常開心，但是隨著動作，身上發黑的肉開始一點一點往下掉，像是黏不住的皮屑沾得整個前座都是。

有那麼一秒虞因很想吐。

「去哪裡？」看著上車的客人臉色又白又青又不說話，坐在前座的司機也覺得古怪，又突然想到最近好像有新聞報導過計程車司機被青少年莫名砍殺的案件，他放輕了聲音，很怕自己也遇到這種索命乘客。

畢竟他也就只是混口飯吃。

但是現在的小孩不知道在想什麼，腦袋裡以爲殺人很帥、砍掉重練很愉快，錯誤的價值觀之下，遭殃的卻是像他們這樣只想混口飯吃的一般人。

出事之後，死者沒機會重生，卻還有許多人認爲一定要給加害者機會。

他不想當那種受害人。

虞因沒有察覺到司機的憂慮，瞪著副駕駛座半晌之後，才報了另一間醫院的名字給他，順便揚揚自己包紮的手，表示要去做檢查。

鬆了口氣之後，司機讓車子滑出車道，轉動方向盤後迅速朝著目的地而去。

盯著前座不斷扭動的孩子，虞因不太了解對方爲什麼突然會有這種劇烈變化，而另一個也突然不見了，是因爲……？

「奇怪……」

在計程車行進了好一段時間後，原本偶爾才盯下跳表機的司機現在冒著滿頭冷汗，頻頻盯著，最後終於發出了顫抖的聲音：「那個、先生你要不要換搭別的車……不收你錢……」

眞是夭壽，怎麼大白天也會碰到這種事？

「怎麼了？」原本打算稍微補眠的虞因睜開眼，很快就知道司機爲什麼會這樣說了。

應該已經走了好大段路的計程車在轉過彎後，出現在他們面前的依然是那棟醫院，而司機看起來也並不像繞路……

「這、這個我也……」看著一再出現的路口和不斷跳表的機器，司機乾脆停下車，害怕地盯著已經跳到三百多元的計費表。

已經停下的車靜止不動，但詭異的是計費表還繼續不斷加上了新的金額，從三百三十五跳到三百四十元、接著三百四十五……刺耳的電子聲在寂靜的車內空間顯得異常突兀。

屏住呼吸，司機吞了吞口水，原本理應聽慣的電子聲現在卻給他極大的壓力，像是有隻看不見的手掐住了他的脖子，讓呼吸都跟著不順暢了。

四周的車呼嘯而過，因爲計程車臨時停下的地方畫著紅線，遠遠地已經可以看見有交警往這邊走來。

最先打破這種詭異沉默的是輕輕的咚咚聲。

像是有東西落到了車頂上。

虞因和前座的司機對看了一眼，然後兩個人慢慢同時向傳來聲響的車頂看去。

配合他們的動作，整輛車子猛地一震，像有什麼重物掉下來重重撞上車頂般，發出砰然巨響，神經已經繃到極點的計程車司機大叫了聲，不斷想扯掉安全帶開門往外逃，但不知道是手軟還是其他因素，車門鎖怎樣就是拉不開，連自動控鎖也完全沒用。

車頂持續傳來聲音，幾個咚咚聲後變成了有東西在上頭摸索，沙沙的移動聲迫近邊緣。

然後，虞因看見了一張扭曲的燒焦人臉出現在他的窗邊。

那是他第一次眞正看清楚那些黑影的樣子。

帶著隱約可嗅到的焦臭氣味與異樣的土壤味，乾裂的黑色皮膚中隱約可見已經變形的暗色肌肉，炭化的部位則發出青色的光，不斷落下了黑色的不明屑塊。

似乎沒有看見倒趴在窗外的東西，對於頻頻傳來的聲響感到極度驚慌的司機繼續拉著車門鎖，但似乎故意要與他作對，車門依舊紋風不動。

虞因瞪著窗外，那張黑色的臉整個貼上了車窗，青色的眼睛緊貼著玻璃，幾乎連一點細縫都沒有，敲打的力道大到車窗發出了細微的聲響，接著乒地一聲出現了裂痕。

司機在瞬間安靜了下來，接著虞因的視線看向那道痕跡。

也幾乎是在同時，車鎖發出了響聲，前後車門鎖驀地自動打開。

「救人喔——」一看見門鎖彈開，司機根本不管車子會怎樣，只想著要從他平日最習慣的生財工具中逃出。

看見那張焦掉的臉上出現了笑容，虞因立刻撲到前座，「不要出去！」

抓住司機那瞬間，不知道從哪來的大客車打滑，極爲貼近地從車門邊削過，隨著司機發出的慘叫聲，已經伸出去的那隻腳和大開的車門直接被捲入甩來的客車和計程車之間，濺出了紅色的血液。

抓住了司機的身體，同樣也感覺到車子被撞擊的衝擊力，差點跟著被拖出去的虞因用另一隻受傷的手緊勾住椅子，劇痛也同時傳來。

透過破碎的玻璃窗，他看見客車司機臉上有隻黑色的手捂著他的眼睛，在焦黑的手離開之後，司機臉上出現了驚恐和害怕。

計程車司機哀號著，臉上布滿了恐慌的眼淚，反射性地不斷發出不知所云的嗚咽聲，全身因爲痛楚而不斷抽搐發抖。

敲窗的聲音從後面傳來。

他轉過頭，完好的那面車窗外站著一個人，黑色的手輕輕敲著窗戶，發出了叩叩叩的聲音，接著是第二個、第三個，隨著越來越多的手，整個車內充滿了敲擊聲。

時間到了，該出來了。

原本要來開單的交警在看見車禍霎時發生後，臉上閃過幾秒的驚恐，四周川流的車輛像是突然止息一樣，大家都瞪著這場驟起的車禍。

附近醫院連忙跑出好多穿著白衣服的人，有的拉擔架、有的拿急救用具，還有一些來看熱鬧的圍觀者。

虞因低下頭，看著自己的手，黑色的、在發抖。

□

砰砰的拍窗聲打斷了那種規律的聲音。

「笨蛋！快給我出來！」

不知道爲什麼，方苡薰的臉出現在窗戶外，「快點！」

用力吸了口帶著黏膩血腥的空氣，虞因放掉了一直大叫著不要放手的司機，拖著已經麻木沒感覺的傷手打開車門。一出去，他馬上被女孩抓住，然後在其他人到來之前把他塞入旁邊另一輛車裡。

塞了人、在女孩跳上車後，車子立刻衝出車道，甩掉想追上來的交警。

「先帶上這個。」車座旁的方苡薰不知道從哪邊拉出了一條紅色細繩子，綁在虞因的脖子上，力道大得讓他掙扎了一下，以爲對方想勒殺他。等到繩子打好結後，他才發現繩子上掛著一枚不知道刻了什麼東西的銅色硬幣。

接著他才看清楚開車的人是滕祈，而他前面的時速表指著九十的數字且繼續不斷爬升，跑車用蛇行的方式不斷穿過擁擠的車陣，甩開了大量的喇叭聲和咒罵聲。

大約過了幾分鐘，跑車竄進小巷裡，接著轉出比較沒有人車的道路上。

「認識方曉海這個人嗎？」方苡薰抓住了虞因的手，拔掉了上面的玻璃碎片，那是剛剛車禍時被震碎的車窗碎屑，「不是我們的親戚，放心，只是同姓而已。」

「曉海……小海？妳問她做什麼？」虞因回過神來，愣愣地看著她。

「一太老兄打電話來，叫我們帶你去找她，好像只要在她那邊過了今晚就行了。」拍了拍虞因的臉兩下，湊近端詳的方苡薰瞇起眼，「你都沒注意你最近氣色很差嗎，死相都出現了，我還以爲你看得到，所以會自己注意，你不要命了是吧！」

「死相？」虞因錯愕了幾秒，看著她。

「簡單來說就是氣色很不對，臉色發黑，還有你是不是可以很清楚地看見那種東西、最近常常被帶到奇怪的地方？」看見對方點頭後，方苡薰呼了口氣，「我也不太懂，但是老一輩的人說，因爲你已經快被拉過去了，所以一些本來看不到的東西會變得看得很清楚，就像人快往生時也會看見一些……但是在你完全看見後，你就會跟著過去了。這種狀況下你居然還一直接近他們，你是白痴嗎？」

下意識地按著自己一邊眼睛，雖然已經知道了大概，但虞因還是倒吸了口氣。

「他們已經勾了你幾次，看你的精神和身體狀況越來越差就知道了，正常人是勾不動的，所以他們會先害你，等到時機成熟，一定會來找你索命。」按著正在出血的手臂，方苡薰抽了幾張衛生紙蓋上，用皮帶先綁起來。

「我……」

正想對女孩說點什麼，前方的滕祈突然罵了句不知道什麼意思的英文，接著車子砰地一聲，就像之前一樣直接撞上東西，整輛車瞬間打滑到路邊，撞上電線桿。

因爲衝力不小，坐在前座的滕祈直接撞到車窗上，後座的虞因和方苡薰則摔得亂七八糟，過了好一會兒才反應過來。

一瞬間，虞因只想到滕祈也算倒楣，沒事短短幾天內跑車撞了兩次，維修費肯定不低。

車身完全靜止後，輕輕的敲窗聲又傳來了。

按著被撞疼的額頭，滕祈低聲又罵了幾句，這次虞因略略聽到了，是在罵髒話，電影上常會聽見的那種。

「跟來了。」駕駛和他們一樣都聽見了窗外的聲音，甩甩頭，試圖讓劇烈的暈眩感減低些，然後重新發動了跑車，不過車子卻死死地熄了火，幾次都發不起來，外面的敲擊聲越來越大，「在哪邊？」

瞪大眼睛，只看見外面有好幾條黑色影子的方苡薰吞了吞口水，「就在車外，好多……第一次看見這樣的。」她看見那些黑色人影咧出了血色的笑，不斷地敲著他們的車子，規律的聲音一下一下傳來，頻頻催促。

虞因看見的是許多有著青色眼睛的焦屍，也繃緊了全身，不確定自己是不是在等著那些東西衝進來。

「阿嬤有沒有說再來要怎麼辦？」按著頭看向後面的女孩，滕祈試著繼續發動車輛。

「阿嬤只說可以戴那個護身符啦，其他的都沒講！」同樣對這個狀況感到有點驚慌，方苡薰拿出了手機，發現螢幕一片黑暗，根本無法撥通。

「什麼阿嬤？」看他們兩個一句來一句去，身爲事主的虞因滿頭霧水。

「我們家的祖阿嬤。」方苡薰隨便地回答他，看著車窗外迫近的黑影，打從心底感到一種前所未有的恐怖。對付人類時，她從未有這種感覺，雖然她知道這些東西不是衝著他們來，但是……

「先看看附近有沒有廟吧。」拍了一下完全不肯合作的方向盤，滕祈這樣說著：「附近應該會有土地公廟。」

「這種時候出不去啦。」方苡薰聽著車窗外的聲音，朝著黑影間的細縫尋找其他可能。像是等煩了，敲擊車窗的聲音突然變大，過不了幾秒，變成了用力拍窗的巨響，除了車窗，連車頂、車身都有撞擊聲，甚至鎖著的門都有「人」不斷往外拉。

滕祈側著頭，從脖子上取下一條跟虞因掛著的那個很像的項鍊轉戴在方苡薰的身上。「妳先帶他到附近有供奉祖先牌位或神明的住家避一避，我去聯絡那個方曉海過來。」

「OK，你先打電話給一太，他應該有她的聯絡方式。」方苡薰喬好項鍊的位置，然後轉頭看向車外，等待最好的時機往外衝。

如果是平常，虞因身上帶著手機的話肯定不用這麼麻煩，他連方曉海的名片都有，但是現在身上除了接受救濟的幾張百元鈔票之外，就什麼都沒有了。

看著似乎更黑了點的手，還有正在想辦法的兩個人，那一瞬間虞因突然覺得自己似乎有點格格不入，他比局外人還要不在乎。

到底是不在乎什麼，他也不太清楚，但是他明白自己可能會給其他兩人帶來危險……他們與此無關，是外人，但是現在卻跟他一起被外面那些鬼東西包圍著。

「準備——」抓住了那條發黑的手臂，注意到側旁黑影比較少的方苡薰抱著一種要豁出去的覺悟，按著車門鎖。

不過，她的計畫在半秒後就被打亂了。

敲打車子的聲音戛然而止，接著那些東西發出了嘶吼哀號，瞬間消失得無影無蹤，速度快得讓人感到莫名其妙。

根本還來不及搞清楚是怎麼回事，摩托車特有的引擎聲從車後傳來，很快地出現在車後座的窗戶邊——一位女性騎士。

拿下防風眼鏡，穿著牛仔外套和熱褲的小海摘下了安全帽，然後直起身體，纖細的女性身形和胯下那台野狼有著極度強烈的對比。

盯著車窗裡的人看了一下，像是在辨認的小海在看見虞因時揚了手打招呼，接著按下一直掛在耳上的藍芽耳機，向一路上都沒掛斷的另外那端的人報告：「一太哥，找到了。」說完，通話就斷線了。

她聳聳肩，跳下車，不客氣地朝車窗用力拍拍。

「後座那個同學，今晚跟我去夜店睡！」想想，她似乎覺得哪邊不對，又重新修正：「錯了，你們三個一起睡好了，我幫你們開房間。」

虞因靜靜地看著女孩，然後窘了。

□

被帶到夜店後，虞因看到了另一個認識的人。

「阿方？」雖然知道他和小海有血緣關係，不過在這邊看到他，還是讓人有點吃驚。

「我接到小海的電話，知道你有麻煩。」阿方把手上的手機拋給虞因，讓小海領著所有人去開了個包廂，並借了些衣物給虞因換洗掉身上的血污。

大致安頓好後，幾個人在有些昏暗的中型包廂裡或坐或站。

「一太怎麼知道我出事?」一路過來，虞因總感到冥冥中好像有什麼東西在修正他的死路，那個東西很該死的又貌似是他所認識的某個人。

「你問我我怎麼會知道。」把問題反丟回去，根本不曉得友人那種恐怖的第六感是從哪邊長出來的阿方白了他一眼，「曉海，去拿急救箱。」

女孩嘖了聲，不過還是乖乖地走出包廂。

方苡薰把包廂的燈都打開，拍掉了不小心開到的那顆閃亮過頭的七彩霓虹燈，才自己找了個舒服的位置坐下來。

小海除了帶回急救箱，還叫服務生切了豪華水果盤並弄了些餐點過來，一下子整間包廂裡也跟著突然安靜了。

「一太人呢?」虞因看著幫自己包紮的阿方，這才想起來自己似乎已經幾天沒有看見那個神出鬼沒的處理者，幾乎都是別人代替他過來。

「前幾天突然下南部了……好像就是買便當那天吧，突然蹺課跑掉，半夜才打電話給我說他在南部那間民宿裡，我嚇了一跳，話說回來他有時候會這樣，所以倒也沒啥奇怪。」已經有點習慣的阿方用平常的語氣說著，「我覺得你比較嚴重耶，全身是傷，乾脆包成木乃伊算了。」從頭到腳幾乎無一倖免，之前被機車撞的傷勢根本還沒好，手上又來一道傷痕，接著全身上下都是大小撞傷，相當慘不忍睹。

「今天是關鍵，撐過去就好了。」方苡薰盯著虞因的臉並抓著他另一隻發黑的手左右翻看，然後丟回去，「你的死相不是正常該死的，他們今天勾不到，下次要再勾就很難了。」

「可不可以不要有下次啊……」虞因無奈地笑了笑。

「以後你就帶著那個護身符吧。這麼容易看到那種東西，身上應該要有保平安的東西才對，難道你從來不帶嗎？」滕祈搖搖頭，用不可思議的表情看著眼前的大學生。

「呃……」其實本來有，虞因吞下了後面的話，沒有多做解釋。

「啥米死相？阿兄，你朋友要翹了嗎？」小海叉著蘋果，非常粗魯地跨坐在旁邊的高腳椅上，一臉好奇地直接發問，「我有認識殯葬業的，可以打折喔。」

「麻煩妳閉嘴。」瞪了眼自家小妹，阿方對她揮了揮拳頭。

不過正在興頭上的小海，完全無視拳頭的脅迫，高腳椅轉了圈，直接問方苡薰，「可以看出來他快翹了？那我啥時會掛？」指著自己的臉，她很興奮地問著。

阿方突然有種想把自己妹妹從窗戶踢出去的衝動。

方苡薰搖搖頭，瞇起眼睛看了發問者半晌，「妳的臉很亮，應該運勢很好，近期死不了，可是殺氣很重耶……其他我就不曉得了。不過，我想大概是因為這樣所以好兄弟才不敢過來吧。」一進夜店她就發現了，只要是小海在的地方，就看不見任何阿飄，連貓狗看到她都會突然驚嚇跳開，可見這個女孩子的威力有多大了。

摸著自己的臉，對答案似乎很滿意的小海沒有再多問。

「是說，一太要我在這邊待到明天嗎？」除了阿方之外，眼前三個人顯然都是因為電話而來，虞因搔了搔臉，不了解那個人的用意。

「我接到的電話是要去醫院那邊帶你來找方曉海，然後叫你今晚跟她在一起。」方苡薰告訴他，滕祈只是被自己拉來當車夫的。

「一太哥打電話要我照著他的指示走，然後把你們全都帶回來睡一晚。阿兄的同學絕對不可以走，但是另外兩個人如果不願意，可以自行離開，但是要分開走，不能走同一條路。據說事情過後，這位虞因同學會請我吃大餐。」對先前事件滿不在乎的小海，同樣也說出自己接到的任務內容，「所以我打了電話給我阿兄，他就在這邊了。」

虞因看著這些人，一時間不曉得該說些什麼。

他們甚至互相毫不認識。

「我在這邊等到確定虞同學真的沒事吧，沒有在夜店過夜的經驗，也很有意思。」滕祈率先開口留下來，「不過小聿那邊，妳可能得過去陪他會比較好。」

方苡薰冷笑了一下，「保持聯絡喔。」

「我也留下好了，阿因，你傷得滿嚴重，我看你先睡一覺比較好。」拍著友人的肩膀，阿方讓服務生拿一些備用的枕頭和毯子進來。

幾個人把沙發推一推，就當成臨時的臥床了。

底定之後，小海拍了拍手上灰塵，看著打算留下來露營的大人兩枚，露出了相當漂亮的笑容，「小店沒啥好招待的，唯有Wii一台，阿兄你跟那個先生好好培養友情吧，眞的受不了我再找正妹進來陪你們。」

「……妳給我滾出去上班。」還Wii咧！

「小店傍晚五點才開張喔。」

小海拍拍腕錶，時間是正午十二點整。

看著一群打打鬧鬧的人，瞬間眞的覺得很疲憊的虞因躺上沙發，然後慢慢地閉上眼睛。

或許，醒來之後一切就會變好。

□

他作了一個夢。

四周有許多像是鏡子般的平面，裡面黑色的翦影不斷走動，男人女人、大人小孩，各式各樣不同的動作以及位置，對了，就像他曾經看過的皮影戲一樣，每個平面的影子都做著自己的動作。

或許那裡有他認識的人在輕輕呼喚他的名字。

貼在玻璃裡的那個平面世界有種異常的熟悉感，像是在對他招手、要他也進去似地。望過去，他只覺得腳步有點沉重，但是卻又渴望踏進裡面，像催眠般的人影不斷招著他，從那裡傳來淡淡的香氣以及幼童的玩鬧笑聲。

他從未看過這樣的地方。

但卻有似曾相識的感覺。

基於直覺及職業習慣，他向前摸索，指尖碰到了冰涼的鏡面，上面泛起了淡淡白霧……

他可以看見那些翦影都轉過來看著他，有幾個人靠過來抬起了手，慢慢碰上他的手腕——

「玖深哥，那裡不行。」

熟識的聲音從後面傳來，他一轉頭，看見的是裂開成一條細縫的黑暗，強烈刺眼的光芒猛地從那邊射進來。

感到眼睛一痛，他下意識地退了退身體，背脊卻不知撞到什麼東西，碰地一聲痛得他齜牙咧嘴，不過很快他發現了不對勁。

四周悶熱到令人窒息的空氣中，有著皮革和芳香劑的氣味，清涼的風隨著刺眼的光線傳進來，玖深立即意識到自己被塞在一個不怎麼大的空間，全身已經被汗水濕透了，在知覺慢慢恢復後，他發現自己連手腳都已僵硬痠麻，可見已經維持這種姿勢有段時間了。

暈眩感和後腦的劇痛幾乎也在同時襲來，但是沒讓他能再呻吟下去，黑影遮蔽了部分光芒，接著一雙眼睛出現在細縫外。

玖深不確定對方是否注意到他醒了，但聽到外面傳來模糊一句：「還沒醒。」之後，他稍微安心了點。

接著傳來的是引擎的聲音。

車裡，他在後車箱裡面。

雖然已經清醒了，不過他的頭整個疼痛，發熱發脹，還不斷暈眩、有嘔吐感，模糊之中也知道自己的狀況不太好，尤其是車箱裡又悶又熱，一度難以換氣。

玖深不是沒有做過車箱屍體的案子，他還曾看過一打開全都是屍水，臭到整批同僚都逃離三公尺外的狀況。

但是自己被塞在裡面倒是第一次，感覺還眞有點新鮮。

「欸……我在高興啥啊……」用頭撞了一下車板，玖深自己懺悔了幾秒，然後用暈暈的腦袋評估現在的狀況。

他隱約記得自己原本是在工作室，然後阿柳去拿東西……

抬起頭時，他看見廖義馬站在外面朝他招手，好像是說有事想跟他商量，雖然有戒心，不過心想在局裡應該不可能有什麼大動作，所以就隨對方走出外面陽台……後來他後腦一

痛，什麼都不知道了。

被陰了！

後知後覺才想到這件事，玖深動了動，不曉得抓他的人是太有信心還是怎樣，居然沒把他捆起來，只有左手被手銬銬在不知道什麼東西的桿子上。

用另一隻手稍微翻找一下，手機果然已經不在身上……應該說他身上所有的東西都不見了，被搜得乾乾淨淨。

車箱內也沒有其他物品，按照記憶摸索了一下，玖深翻了幾次身體，終於被他找到個凹槽，用力扳下後，車箱蓋發出了細微的聲音，接著輕輕打開了，冰冷的風很快灌了進來，補充了短缺的氧氣。

貪婪地多吸了幾口空氣後，玖深才抬高起身體，朝不斷倒退的景色看去。天色已經有點微暗，外頭是黃昏的光線以及有點塞車的街道。透過光線，他才看見自己的手原來是被銬在車箱蓋的鐵桿上，在失去意識的期間，箱蓋可能被打開過幾次，手腕處和手掌都有擦撞傷和瘀青，應該是抓他的人曾多次確認他的狀況。

幾分鐘過後，他的肚子開始叫了，不過狀況還好，被塞到這裡應該不到一天的時間。

車子的所在地他認不出來，但是又好像看過……

確認了後車箱眞的完全沒有任何可以使用的東西之後，玖深苦惱著要不要馬上打開後車箱對外求救。畢竟現在車流量不少，絕對可以馬上被人救出，但是他也很想知道爲什麼廖義馬要陰他，如果是因爲物證的關係，老大跟阿柳也都知道了，扣住他根本沒有任何用處，把他變成箱屍也很多此一舉，處理屍體不但延誤時間，還會衍生其他問題。他無法理解對方的行動，如果不作聲搞不好可以弄清楚，可是他也不太想拿自己的性命開玩笑……

好爲難。

就在玖深煩惱著要怎樣處理自己的處境時，他看見一隻手無聲無息地卡入了車箱的縫隙中。那瞬間他還以爲有人要打開車箱，因而很是緊張，但幾秒過後他突然想到這輛車還在行進中，車後車旁都有其他車輛，不可能停在大馬路上突然打開車箱蓋。

接著他又發現了，那隻手的角度是從車下往上伸進來的。

他現在突然寧願自己沒醒過來。

這個念頭在縫外出現了充滿血絲的灰色眼睛之後，更加強烈了起來。

「救、救人喔——」

模模糊糊中，虞因似乎聽到有人在講電話。

好像是小海的喊聲，說誰誰誰清醒了，然後還有其他人的歡呼聲，說今天要開香檳慶祝……聲音很遠，似乎還隔著門或牆壁，聽不太清楚。

他一翻身，逐漸清醒過來。

房裡似乎沒有其他人，只留了一盞昏暗的黃色小燈，外面有震天價響的音樂，還有不知道是不是電玩的電子效果音，夾雜其中的就是人們的玩樂和吆喝聲了，而且數量還不少，感覺得出外面應該都是人。

應該是店裡的營業時間到了，他睡了整個下午。

緩緩爬起身，虞因一直想著剛剛的夢。他不太確定看見的那人是不是玖深……那個夢有點鮮明，和他最近看見的東西很像，但是剛剛他看見時，他所認識的那名鑑識人員實在是靠得太近了，近到讓他有點害怕，所以他出聲喊住對方。但是下一秒人就不見了。

眼皮似乎微微跳動，好像會出什麼事。

越想越不放心，虞因摸出了手機，打開後才想起這支阿方的手機根本沒有存其他人的電話，他只記得大爸、二爸和警局的號碼，平常因為太依賴手機的通訊錄功能，現在手機一不在身邊，居然沒辦法在第一時間聯絡上想聯絡的人。

撥了局裡的電話，認識的人告訴他玖深今天好像蹺班，連假都沒請，讓他真的緊張起來，掛掉後轉打給虞夏，不過不曉得為什麼響了幾次，虞夏就是沒有接手機。看了下時間，是晚上七點十幾分。

「搞啥鬼……」心底莫名的不安逐漸擴大，他關上手機，摸了杯水喝了兩口，站起身打開門，一打開就看見小海坐在門邊的高腳椅上，注意到他出來，馬上回過頭。

「喲？你還睡真久，要吃東西嗎？」說著，她遞過手上端著的盤子，已經被吃掉一半的銀色容器上有好幾種甜點，一般女生不大愛碰的那種高熱量點心，「我哥和那個滕先生在辦公室裡打電動。」剛剛還罵她，連續玩了四、五個小時的不知道是誰了喔？

「我出去一下。」看著整個大廳都是跳舞玩樂的人，虞因不得不把聲音放大點，避免被音樂壓過去。

「不──行──」小海的音量起碼大了他兩倍，「明天早上天亮再說！」

「有非常急的事！」

小海直接送了他根中指，完全不想和他玩誰比較大聲的遊戲，直接就招來兩個不知道是服務生還是打手的男人，把虞因架回房間，「少囉嗦。」甩上門的最後那秒，女孩只送了這三個字給他。

被丟回房間的虞因，馬上翻起來拍著被鎖上的門，「你們這是非法限制行動──」

「吵死了！」門外傳來吼聲，接著是某人重踹了一腳，巨大的聲響傳到房裡，「他媽的你最好給老娘乖一點！不然我就把你斷手斷腳，明天再送你到醫院接回去！」

虞因只用半秒，就全然明白這個女孩絕對不可能放他出去這個事實。

當然他也不可能報警來抄這家夜店讓他出去……左右看了下，沒有任何窗戶可以脫逃，房間四面都是裝飾過的牆和影音設備，另外就是冷氣和通風口──

他知道該怎麼出去了。

半個小時後，成功實現理論的虞因在夜店側邊的小巷子著地。

一離開店裡，他就看到街燈邊有很多青色眼睛的人影，像沒離開過似地在這邊等他，可能是因爲他身上掛著方苡薰給的項鍊，所以那些東西並沒有靠過來。

即使如此，光是站在這邊，就可以聞到那種附著腐土味的燒焦惡臭，令人作嘔暈眩的氣味源源不絕地從風中傳來。

捂著鼻子，還是隔離不掉那種恐怖的味道，虞因乾嘔了幾聲才直起身，然後他看見一個小孩站在路邊，和之前見過的不同，小孩身上全都是骯髒的傷痕，有燙傷、撞傷，也有衣架痕跡……原本應該非常可愛的臉，也都青黑浮腫，潰爛可怖。

小小的手指引了一個方向。

那是通往醫院的路。

□

虞夏打開了病房房門。

偌大的病房中迴盪著電子儀器規律的聲音，坐在旁邊打盹的員警一聽見聲音，立刻睜開眼睛，「老大。」

做了個噤聲的動作，他示意同僚先出去，自己才把手上的環保袋放在一邊。

「請問這是什麼？」房裡另一個人發出聲音。

「魚湯，外面買的。」抓了抓髮，虞夏對那個陌生人白了眼，「可以麻煩你先出去嗎，警察問話，非相關人士不方便在這裡聽。」

「你他媽——」

「阿鐘。」躺在床上的人突然睜開了眼睛，聲音雖然很虛弱，但卻讓掄起拳頭的年輕人立即放下了手，「先出去。」

「唉呦……」叫作阿鐘的年輕人垂下肩膀，狠狠地瞪了虞夏一眼之後才走出房門，接著也不怎麼客氣地再把門砰地關上。

看著門板一會兒後，虞夏才在旁邊的椅子坐下來，「姜先生。」

收到姜正弘清醒的消息後，他立刻就從另一邊往這邊跑，連剛剛做完的筆錄都還沒帶回局裡。坐下之後，才意識到今天其實連口水都還沒喝到。

「冰箱裡有一些飲料，阿鐘買的，請自行取用。」按著身上的繃帶，姜正弘微微喘了口氣，然後半閉上眼睛。才剛清醒不久，雖然危險期已經過去了，但是體力一時半刻還無法恢復，連講幾句話都很疲勞。

虞夏讓他稍微休息一下，逕自開了冰箱拿出礦泉水，又坐回位置，「你有看到槍手的臉嗎？」

搖搖頭，姜正弘皺起眉，努力回想著那天發生的事，「……戴著安全帽、深色鏡片還有口罩，男的，大概一百七十多公分……敲門時……被騙開門……我以為是你們折回來……」

聽著斷斷續續的聲音，虞夏想起這段形容似乎就和攻擊玖深的那個人一樣，「所以你是第二次見到這個人？」

「嗯。」想了想，有點不太確定的姜正弘側過頭看他，「聲音，和樓頂那人很像……但是隔著口罩……」

「我重新找了幾個人的聲音，你現在可以聽聽看嗎？」

在傷者點了點頭後，虞夏拿出放在身上的錄音器，打開了開關。

裡面其實只有三個人的聲音，都是簡短的幾句話，所以並沒有花太多時間。聽完後姜正弘微微皺起眉，「也不是他們。」

「你確定？」愣了一下，本來以爲會有結果的虞夏看著又把眼睛閉上的人。

「嗯……裡面有一位似乎是那天很快就上頂樓的警官，我認得他的聲音，另外兩位也都是當天在場的警官……等等……」姜正弘猛地睜開眼睛，他越說越覺得不對，爲什麼這個人會拿員警的聲音讓他指認，「難道你們……」

虞夏搖搖頭，收掉了錄音器，「還不知道。」

他原本以爲這次應該可以指認出來了，但意外地居然不是……這點就奇怪了，他明明是錄了那個人的聲音過來，難道姜正弘眞的聽錯了嗎？

「對了，你那天說因爲對方出示了什麼，所以你才開門。」重新抬頭看著姜正弘，後來重新思考了幾遍後，虞夏只得到一個答案，「出示警徽嗎？」

姜正弘點了點頭。

算是意料中的答案，但是聽到之後，虞夏的心裡還是沉了點。

「我不會告訴別人的。」相當配合的姜正弘這樣告訴他，虛弱的聲音又更細了，他閉上眼睛休息著。

「……不想和警察打交道是因爲湯正維的關係嗎？」

像早就知道他會這樣問，躺在床上的傷患動也沒動，更沒表現出驚訝，「知道多少？」

「你爲什麼要喬裝成湯正維的樣子去偷東西？屋裡那些女性用品應該不是女朋友的吧，看起來完全不像是有女朋友的人，家裡不可能會出現那些物品，何況你屋子裡連一張女性的相片都沒有。」頓了頓，稍早之前讓局裡的人通知了受害者前來指認，同時也知道結果的虞夏慢慢說著：「湯正維偷的東西是食物和維生物資，你卻是偷一般住家，有什麼理由必須這樣做嗎？你看起來並不像缺乏那些東西的人……如果是癖好……」

也不太像癖好，從他頂替湯正維偷東西這點來看，就知道他這麼做是有原因的。

「如果他消失了……追債的人就會找上他父母，不管我怎麼藏他們都沒用……」說著已經疲憊萬分的話，也沒再繼續隱瞞的姜正弘倒是講得很乾脆，「你應該也曾辦過暴力討債的案件，知道那些是怎樣的貨色，我已經答應我兄弟要好好照顧他家人，所以才決定這樣做。你們裡面有他們的人，只要還有正維持續出現的消息就行了。」

「……」多少知道是有這種事的虞夏並沒有表示任何意見，「湯正維本人呢？」如果他會做這種決定，那麼那個人又去了哪邊？

姜正弘沒有回答他的問題，只是把頭側過另一邊，拒絕繼續往下談。

於是，他只能問最後一個問題，「你說其中一人當天很快就到了頂樓，還記得有多快嗎？」抬了抬手上的錄音器，虞夏問著。

「人摔下去之後不到兩分鐘，我聽見另一位警官在上面大喊『快叫救護車』。」

問話告一段落後，虞夏走出了病房，小心地把門關上。

回過頭時，他看見照顧的員警以及另外那個年輕人身後有一對老夫婦。

「他們說認識姜先生，因為接到通知所以想來看看，我已經解釋過暫時不能探訪，可是……」露出有點為難的表情，員警小心翼翼地看著上司的臉色。

虞夏轉過去看著旁邊那名看顧的青年，「這是湯正維的父母嗎？」

青年隨便點了一下頭，懶得跟他講話。

「警察先生，拜託拜託，正弘就像我們另外一個兒子，請讓我們看一下就好，不會耽誤太久，五分鐘就行了，不然只看一眼也好。」婦人努力請求著，頻頻看著已經關上的病房，「拜託你——」

「請不要超過十分鐘。」朝員警使了個眼色，在夫婦們彎腰道謝前，虞夏先擺了手，就轉過逃生門打算去另一層樓。

他在思索剛剛姜正弘告訴他的話。

被無辜扯入的證人可能不明白自己聽到的話有多重要。

看著手上的錄音器，虞夏微微瞇起眼。

因爲有他的證詞，他才能完全確定凶手是誰。

□

「玖深還是聯絡不上嗎？」

看著旁邊再度被切斷的手機，正在駕駛座上等紅燈的嚴司隨口問了句。

黎子泓搖搖頭，「警局那說他今天沒有上班，打電話也找不到人，所以剛剛我要求他們派組人到玖深的住處看看，並把昨晚的監視畫面調給我看。」

他原本與玖深約好晚上在鑑識科碰面，但可能因爲太累了，居然躺下去之後直接睡到早上，錯過了約好的時間，再打去時玖深已經失聯了。

「嘖，你們工作區的人太邪惡了，居然關掉鬧鈴，害我也跟著睡過頭。」嚴司抱怨了一下，不知道是誰關掉他的手機和電燈，害他們兩個一路睡到隔天……好吧，他承認這幾天連續趕件也很累了，但是總有被陷害的感覺啊！

「那是好意。」雖然也不太高興，不過黎子泓還不至於去怪罪人家的好意，雖然對方造成了麻煩，卻也不好苛責。

「我說，下次還是把門鎖起來算了，省得又發生這種事。」

就在不久前，他們收到姜正弘清醒的消息，所以在頻頻聯絡不到玖深的情況下，他們還是以證人為主，先往醫院去了。

「再說吧。」

很快地，他們進入了醫院的地下停車場。

不知道是不是因為晚間探病的人較少，停車場中除了警衛外，只看見一個不曉得是病人家屬還是朋友的人匆匆走向自己的房車。

四周完全無聲。

「奇怪，今天也太安靜了一點吧。」看著車上的鐘，說晚也不晚，七點多而已。平常常出入這種地方的嚴司覺得有些古怪，不過想想，或許因為今天不是假日，便不太在意了。

下車後反射性地看了停車場一圈，黎子泓的視線掃向角落某輛黑色轎車。

「走吧……你在看什麼？」停好車，正想走人的嚴司注意到友人的不對勁，還來不及搞清楚他在看什麼，對方就已朝角落跑了過去。

那是一輛再普通不過的國產黑色轎車，看上去有點年代了，並沒有什麼特別值得注意的地方，雖說它停的位置異常偏僻，不過這也有可能是因爲白天車多才停到這裡。

總之，嚴司並沒有發現什麼需要這樣跑一大段路特地來看的異常處。

「它的後車箱是開的。」遠遠看見車輛的後車箱蓋是浮著的黎子泓繞了個圈，最後走回車尾，「銀色的東西……你看這個。」輕輕打開了車蓋，他挑出了吸引自己目光的東西——

「手銬？」這下子連嚴司都愣住了，「哇塞，現在人這麼勇猛啊，居然連後車箱都可以玩ＳＭ……我開玩笑的，你看這上面有血。」在朋友公事包揙過來之前，他連忙改口，然後指著手銬上沾著血的地方。

「看起來應該是不久前才發生的事，還有這些。」拿出手帕墊住了手銬，黎子泓瞇起眼，「像是皮膚，有人被銬在後車箱，可能硬把手弄出來造成的，車箱的鐵桿有點變形，當時力道肯定不小，也因爲這樣，後車箱才蓋不起來……」

放下了東西，他打開車箱燈，映出手銬附近斑駁的血跡，在離開車箱後一路滴了出去，大約幾步之後血跡就不見了，方向是朝著醫院的逃生門而去。

「SM不會把自己弄成這樣，可能是起案件，打給警方。」半傾了身在後車箱搜索著，黎子泓沒見到其他可以追蹤傷者身分的痕跡了，這裡面什麼都沒有，連基本的洗潔用具和維修工具都沒有，更讓他確定事情不單純。

報過案後，嚴司看著抄起手機拍照的友人，「進去找嗎？」他指指逃生門問著。因爲已經在醫院裡了，如果那個人進了醫院，肯定會有醫生或護士把他留下來，看血跡尚未凝固，說不定他們運氣好，馬上就可以堵到人。

「走吧。」想著同樣一件事的黎子泓虛掩上了車箱蓋。

就在他們都離去之後，停車場入口處慢慢滑進了另一輛車，然後搖下了車窗，注視著那輛黑色轎車。

數秒後，車裡的人露出了冷笑。

當然不可能看見這一幕的黎子泓與嚴司一前一後進了樓梯間，往上走到一、二樓，又看見了幾滴血。

「奇怪，這個人好像有目的地，一般要逃走應該不是上二樓，如果要治療，也是先衝出去找醫生……」看著血滴方向，就算不擅長推理的嚴司，也可以看出個所以然。

「等等，你聽……」

黎子泓按住了嚴司的肩膀，轉頭看向他們剛剛上來的地方。

有一陣腳步聲，不知道從什麼時候出現的，像是有人踮起腳步，悄悄地跟著他們踩著台階，但是凝神一聽，又不太像是正常人的走法，腳步聲太過規律，聲音不大也不小，走路的人步伐重量幾乎沒有改變過。

「誰！」對下面喝了聲，其實並沒有看見人影的黎子泓和旁邊的友人交換了眼神，兩個人都注視著通往地下的階梯。

沒有任何回應。

聲音慢慢靠近他們，但是他們連一點人影都沒見到，只能靠聽覺猜測對方已越來越近。

直到腳步聲從他倆中間穿過，走過了昏暗的轉角，他們都沒有看見任何活物。

「站住！」回過神之後，嚴司才發現他們兩個剛剛居然就讓那玩意走過去，在「對方」離開前，他直接喊住。

腳步聲眞的乍然停止。

「路過穿到人不會說聲對不起嗎！」

這次黎子泓是眞的很想拿沉重的公事包往他朋友腦袋上打下去了。

「唉呦，每次聽被圍毆的同學講，覺得很奇妙咩……」嚴司的話慢慢停了下來。

樓梯間的燈光閃爍著，在轉角處他看見有人回過頭來，蒼白的面孔毫無表情，有一半已經被黑暗吞噬，然後在對方轉回之後，那道模糊不清的身影又慢慢消失在黑色之中。

往上的腳步聲遠離了他們。

他都不知道時間過了多久。

「剛剛那個……你有看見嗎……？」先發出聲音的是旁邊同樣感到震驚的黎子泓，那張臉實在太過熟悉了，是這兩天都還見過的面孔，他下意識抓著自己的手臂，才發現自己打從心底發毛了起來。

「所以我沒有眼花……？」一樣被嚇到的嚴司追了兩步，才發現那個聲音已經不知道消失在哪層樓了，他根本沒注意到。

那秒鐘，他只想到虞因經常說他最怕看見的，就是自己認識的人這回事。

他全身都起雞皮疙瘩了。

「先打電話給他看看。」吞了吞口水，辦案這幾年來第一次看見這種東西，黎子泓拿出手機，接著被一旁的友人劈手奪過，直接從通訊錄找到號碼撥給剛剛那張臉的主人。

鈴聲響了非常久，但是無人接聽。

「快接電話啊！」嚴司又重複撥了幾次，都想罵髒話了，但是依舊沒有通話，手機那方不斷重複著尚未接通的鈴聲。

他拿下手機，顯示著他倆都認識的名字及號碼再度被轉入語音信箱。

「糟糕，先聯絡小聿，看看人有沒有在一起。」黎子泓連忙催促著，這個時間，按照往常狀況那兩兄弟應該都會混在一起。

說不定只是手機有問題……他這樣希望著。

「嗯。」正打算轉撥另一支手機號碼時，嚴司發現剛剛撥的號碼居然回撥了，他想也不想地直接接通電話開罵：「你要嚇死人啊！打那麼多通都不接，你知道我們剛剛看到很鳥的東西嗎！還以爲你怎樣了，結果你人現在在哪裡啊——」

劈里啪啦先罵了一堆後，嚴司稍微停了下來，才發現手機那端沒有任何聲音。

依照他對電話主人的了解，就算剛剛被罵到沒話講，現在也應該要回應了。

「怎麼了？」黎子泓注意到他瞬間靜默了下來，想要拿回自己的手機。

嚴司搖搖頭，擋開他的手，又過了十多秒，另一頭依然沒有聲音，「……你是誰？」

沒聲音，連呼吸聲都沒有，他只聽見一種空洞的風聲。

然後，有人在電話那端輕輕地冷笑了聲，接著通話被切斷了。

他拿下手機。

上面顯示著的「虞因」兩個字，慢慢消失。

□

他的手在痛。

像是火燒一樣劇痛不已，其實他眞的很想先找個角落痛哭幾秒，但是在車裡聽見的話讓他不能這樣做。

暈眩中隱約聽見了姜正弘清醒的消息，等到駕駛停下車，他確認對方眞的離開後弄開了車箱蓋，才發現自己也到了醫院。很怕他們的證人又遇害，抱著拚死的決心，好不容易才把手從那副該死的手銬裡抽出來，連皮都被刮掉一層，血淋淋地自己看了都怕。

「可惡，有縮骨功多好……」痛到他極度清醒之後又差點昏倒，玖深把眼淚跟鼻涕抹在衣服上，看著捲在手上的外衣也被半染了血跡，他感到無限委屈，「回去之後一定要問老大會不會……」少林傳人應該都會吧，電視上演得多帥，一個脫臼縮骨就可以毫髮無傷地全身而退，他也好想要那樣，至少在掙脫時不會痛到想一頭撞死。

讓自己想些比較愉快的事，不要去想傷口有多痛。玖深沿著樓梯往上走，他怕在電梯裡遇到那個人，也擔心被醫生護士拖延住，他想先去確認證人安全。

直上了特別病房，看見員警同事正在站崗後，才眞的鬆了口氣，也認識他的員警一看見他，眼睛馬上跟著瞪大。

「玖深？你怎麼搞成這樣！今天很多人都在找你耶，你到底跑去哪裡了！護士——」連忙對著護理站大喊，員警看著他血跡斑斑的手和紅通通的眼睛，有點錯愕。

「這個等等再說，老大跟阿義來過了嗎？」看著急忙跑來的護士抓住他的手，玖深稍微掙扎了一下，結果同時被好幾雙黑亮亮的大眼瞪著，他也不敢再動了。

一拉開包在手上的衣服，那名員警看到血肉模糊的手，直接皺起眉，「老大剛剛跟小柯去餐廳了，他今天幾乎都沒吃飯，我換班之後要小柯押著他下去吃，阿義差不多兩分鐘前才離開，發生什麼事了嗎？」

「有說去哪邊嗎！」

「呃……說要下去看佟，不過他剛剛有點奇怪，因爲老大曾下令說不准任何人進去，除了姜先生那邊的人跟他指定的幾個，所以我攔住了阿義，他似乎不太高興，說要去看佟，人就走了，我才想說要不要跟老大聯絡一下看是怎麼回事……喂！玖深！」話還沒說完，員警聽到圍著在消毒的護士發出了驚叫聲，玖深拖著還在滴血的手推開她們，跑掉了。

「你打電話給老大，叫他快點回來！」

玖深拋下一句話給同僚，現在覺得異常驚恐。

他想起那晚被攻擊時，那個人說的話了。

除了姜正弘之外，他還有另一個目標。

跑到了另一層樓的特別病房前，玖深看見原本應該要守在那邊的員警不見了，空無一人，病房門半掩著，似乎不知發生什麼事的護士們依舊在護理站中忙著自己的工作。

表面上看起來沒有什麼不對勁。

他小心翼翼靠近門邊，推開門後聽見電子儀器的聲音，確認沒有看見人影，他才側身走進開著夜燈的病房中。

傷者躺在床上，不管是點滴還是其他物品，都沒有被移動過的跡象。

看到這畫面，玖深終於鬆了口氣，看來另一個人應該還沒有進入病房。他走過去，看著已經被卸下緊急維生系統的同事，在醫院方面的妥善處置下，已經沒有生命危險，只是包著繃帶打了石膏縫了線的身體可能要過很久很久才會復元，那張很像高中生的臉上也布著好幾道傷痕……

「你爲什麼就是不乖乖待在那裡面？」

上膛的聲音從玖深腦後傳來，伴著他再熟悉不過的嗓音，一切就像電影上演的一樣，只是現在出現在他身邊。「風頭一過我就會放你走，我沒打算殺死你，如果你有乖乖合作的話……」

用力深呼吸了一下，玖深僵硬著身體，慢慢轉了過去，然後看見舉槍對著他的同僚，

「眞的是你嗎？阿義。」

他看見廖義馬身後的廁所中有雙腳，是那個應該要在門外的員警，毫無動作，看不出他是否還活著。

「我只是來確定他到底是阿夏還是佟。」廖義馬動了動槍口，沒有回答，讓玖深退到一邊角落，「那天早上，帶著我們去攻堅的明明是阿夏，我不明白……可是我讓另外那個在現場換衣服時，他身上有著阿夏歷年抓犯人留下的傷痕，所以那天早上的應該又是佟……」

「這個問題很重要嗎？」倒退著，直到背脊碰到牆壁之後，玖深才停下來。他看著廖義馬揭開薄被，用另外那隻手掀開了床上傷者的衣襟，平坦的肌膚上除了繃帶與藥物之外，幾乎沒什麼傷痕。

「佟在幾年前車禍時腳受了傷，留下很大的疤，所以他跑動或久做劇烈運動就會痛，才被調到行政組。」廖義馬喃喃說著，拉好衣服後轉頭拉高床上人的褲管，就在膝蓋處，一道陳年舊傷從膝上橫切到小腿處，似乎證實了他剛剛的形容。輕輕地再度整理好對方的衣服並蓋上被子後，他才轉過頭看著手上還在滴血的鑑識員警，「這個問題對我來說非常重要，我只想確認我害到的是不是我的朋友，不管做了什麼，我最不想扯到的人是虞夏。」

「既然你不想扯到老大，那麼你爲什麼會把他推下來！」玖深握起拳頭，很想撲上去先給他一頓打，「不管是老大還是佟，你爲什麼這樣做！」

「是意外，我也不願意這樣。」廖義馬死死瞪著玖深，聲音也不自覺大了起來，「我有什麼辦法！我也不願意把事情鬧成這樣，你知道我看見你們撿到那塊鏡面時有多害怕嗎！幹完這筆我就要收手了，我也會請辭，什麼威脅的我都不想再知道了，阿夏跟我認識那麼久，我只想確定他有好好活著而已啊！」

「我跟你就不認識嗎！你拿刀子切我脖子時還不是也照切！還把我塞在你後車箱，又悶又臭，還看到鬼！你就不用確定我有沒有變成箱屍嗎，渾蛋！我好歹也跟你同事了兩、三年，別大小眼啊！」一想到自己莫名遇到這些事，玖深也豁出去跟他對罵了，「廖義馬！你知不知道你在做什麼啊！這個不只是跟酒店掛勾，還是去喝應酬那麼簡單耶，你爲什麼要殺人！這樣就不能回頭了，你曉不曉得！不是記大過退職就可以了事的耶！」

他本是一個好好的同事，平常有說有笑，結果卻也是造成最大威脅的人。

玖深開始在想他這兩天帶來的點心有沒有毒，說不定連吃三天之後，他們全警局也剛好遊戲結束，集體埋葬去了。

「我很清楚我在做什麼，時間不多了，如果你想活命，最好合作一點，我不想害你們都出事。」頓了一下，像是要取信於他，廖義馬將手上的槍慢慢放下，收回槍袋中，「你也是目標物，最好快點跟我離開這邊，不然你……」

「你們在這裡做什麼！」

打斷了他們的是猛地被打開的病房門與突如其來的問句。

站在門口的虞因，視線停在浴室那名員警上，最後轉回來看著他們，「阿義哥？」

廖義馬再度抽出了槍枝，指著門外的虞因。

「進來，然後關上門。」

□

「這樣可以嗎？」

問句打破室內死寂的空氣。

玖深轉動了一下手，點點頭，雖然還是痛到想撞牆，但是至少好多了。

在房間找到些備用的藥物和繃帶後，廖義馬拋給了虞因，讓他幫玖深做暫時性的包紮。

雖然不曉得對方到底在想什麼，但是玖深看得出來他好像在迴避某些事情，「阿義……你是因爲錢嗎？」

廖義馬看了他一眼，猶豫了下才點頭，「前陣子我老婆娘家出事，需要一大筆錢，我只拿了這一次，也知道這樣不行，但是沒得選擇，離職申請我都寫好了，原本打算這次事件過去就要走……」

「佟墜樓時，你就在旁邊，對吧。」看著本還算有交情的同事，玖深小心翼翼地問著：「你的錶裡有血，就是老大那支，檢驗報告已經出來了，我可以證明當時你在場，而且就在旁邊，爲什麼你要推他下樓？」

「我沒有推他！」煩躁地抓了抓髮，廖義馬的聲音也跟著大起來，「我眞的沒有，我看到時他已經掉下去了，只抓到了他的手……可是血很滑……他馬上就摔下去了，我眞的有努力過……」他像是又看見了那天的場景，整個人不悅地來回走著。

「開槍的是個警察。」打斷了他的聲音，坐在旁邊的虞因冷冷看向持槍指著他們的人，「我找到了一個證人，她已經往生了，但是她看見開槍的是個警察。」想起了阿婆的話，那時候她的確說了警察開槍以及掉下去和推下去的話語。

虞因隱約明白，阿婆回家後心神不寧，是因爲她看見了不該看的東西，警察對警察開槍，還將人推下去，這種事說出來一定會全家都有事，所以她也不敢報警，就這樣抱著說不出來的話離開了。

「那她有看到開槍的是我嗎！」駁回了去，瞪了虞因一眼的人這樣說著：「人已經死了，就算她有看見什麼，也已經不算了，更何況她沒有看到全部經過。」

「人已經死了，你愛怎麼說都行。」虞因聳聳肩，看著眼前認識很久的男人，只感到一種恨意和厭惡，「你怎麼可以這樣做？」他知道這人，和二爸同期，還經常來他家。

「對不起。」

看著算是從小看到大的青年，廖義馬只能給他這三個字。

「對不起如果有用，世界上就不需要有警察了。」

冰冷的聲音來自猛地被打開的門後，在廖義馬回頭的同時，出現在那邊的虞夏快速地抓住他的手腕逆向扭轉，某種怪異的聲音響起，槍枝應聲落地。

按著被扭斷的手腕，廖義馬一臉痛苦地跪倒在地。

「你給我好好懺悔。」虞夏看了同僚一眼，拾起了槍枝退掉所有子彈，然後收起來，

「阿因！不是叫你沒事不要來這種地方逛嗎！」

「與其說這個……不如先叫醫生來一下，玖深哥好像傷得很嚴重。」下意識護著自己的頭，虞因縮了縮脖子，連忙推人出來擋。

「你們兩個眞是……」虞夏搖搖頭，看了浴室，確定那名員警還有呼吸只是昏倒而已之後，一回頭正想處理另一個同僚時，原本跪在地上的廖義馬突然暴跳起來，撞開他就往外面衝去，「站住！」

虞夏跟著跑出去，看見正好從逃生梯出來的黎子泓和嚴司，「抓住他！」

「咦？」嚴司瞬間愣住了，只看見一個算是有點熟悉的面孔猙獰地從他們這邊衝過來，還來不及抓人，他跟旁邊的友人被重重一撞，那個人便沿著樓梯往下逃了。

「共犯啦！」

第二個穿過他們的虞夏扔下這句話，追了下去。

「共……」嚴司的話還沒講完，跟黎子泓對看了一眼，兩人也轉頭跟著跑下樓梯。

巨大的聲響直接傳到各個樓層。

幾個好奇的病人探頭出去，什麼都還沒看見就被護士趕了回去。

相較於外面的吵鬧，病房中剩下安靜的虞因和玖深對看了下，各自轉開了頭。

玖深走進浴室確認那名員警的狀況，發現廖義馬沒下重手，只是把他敲昏而已。

「哇，外面在幹什麼？」

他抬起頭，看見簡今銓站在門口。

「老大跑去追阿義了……你怎麼在這裡？」玖深站起身，疑惑地望著應該在執勤的人。

「想說來看一下，結果出電梯就聽到外面整個很吵，阿義怎麼了嗎？」抬了抬手上的水果籃，剛到來的人這樣說著。

「一言難盡啊，你走路怎麼怪怪的？」注意到對方似乎拖著腳行走，先進房的玖深剛好看見虞因轉過頭。

那瞬間，虞因愣住了。

他看見應該要在大樓下的那坨人肉黏在簡今銓的腳上讓他拖著走。

同時他也知道了，那天在電梯裡這玩意的目標並不是他們，它的目標在他們的頭頂上。

「玖深哥！趴下！」

被虞因一吼，還沒注意到的玖深本能臥倒，幾乎也在同時，槍響擦過了他的肩膀，乒地一聲打在一邊的櫃子上。

簡今銓開槍了。

「沒辦法，因為我腳受傷啊。」

他微笑著，從水果籃後抽出槍，不是一般公發的員警佩槍。

是那把遺失的凶槍。

他可以感覺到那坨東西的恨意。

「站起來，去旁邊等著，很快就輪到你們了。」槍口對著玖深，露出笑容的簡今銓示意他站到後面，接著順手鎖上了病房房門。

盯著那坨血肉模糊的東西，虞因感到房間的氣溫快速下降，甜膩的血腥味與屍臭味開始充斥整個房間。似乎沒有聞到這種味道的簡今銓，又把槍口對著他們，接著走到病床邊。

「真是，浪費我太多時間，虞夏辦事實在有夠謹慎，要不是阿義先出手，我大概也沒辦法這麼順利進來。」看著床上沉睡的年輕面孔，簡今銓一把抽掉旁邊的點滴針管，將一些擋路的架子都推到了旁邊，發出乒乒乓乓的聲音。

「你幹什麼！」虞因衝了過去，揮拳想揍他，不過被玖深給拉了回來擋在身後。

「果然是佟嗎……？」盯著傷患看了好一會確認了身分，持槍者把槍抵在病人胸口上，「那天雖然是個意外，不過他什麼都看見了。放心，很快地，你們兩個也會跟著下去。」

「是你把他推下去的嗎？」有那麼一瞬間，玖深突然知道問題點在哪裡了。他們一直沒有揭穿廖義馬，是因爲虞夏和黎子泓覺得時間點上有問題，有些地方湊不起來，但是他現在都知道了，「阿義去買衣服褲子，是要帶給你的對吧，你打電話告訴他的，難怪他會突然連老大的一起買，因爲他已經知道現場狀況了。」

「是啊，他還貼心到買了衛生棉，以前教官曾說過出血嚴重又沒有止血用具時，可以用那東西，沒想到他還記得。」拉起了自己的褲管，底下出現了包紮妥當的小腿，看著眼前兩人的簡今銓有點愉快地說著：「那個姜正弘也算反應夠快，被他割了那麼一道，我本來打算從隔壁公寓離開的計畫也多虧他，改成從電梯下去，眞是有夠險。」

「所以你連姜大哥都要殺嗎？爲什麼？」看著槍口下的親人，虞因又氣又急，整間病房裡除了他腳上那東西以外，什麼也看不到。

「很簡單啊，要是被指認出來，我就玩完了，不然你們以爲爲什麼我現在要在這邊宰掉你們。」簡今銓騰出手，拿出香菸放進嘴裡，點燃後深深呼了口氣，房內冰冷的空氣馬上被染上一層不同的氣息。

「哈啾！」一聞到那個味道，玖深直接打了個大噴嚏。

「你對這個過敏對吧，阿義說他在抽菸時你也是噴嚏打不停。」看著他，簡今銓又是一笑，「習慣後會覺得這眞是個好東西，沒有它就不行。一開始阿義也是說不要，現在還不是照樣在用。」

「那是毒品，你知道吧！」盯著正在冒著白色細煙的細菸枝，聯想到這件事的玖深摀著鼻子，連忙說道，「跟我們在追查那件案子來源一樣的東西，你有參與案子你自己應該知道那些人的下場是什麼！」

「放心，我知道，但是這東西……」再次深深地吸了口菸，露出陶醉神色的簡今銓像是沉迷於玩具的孩子般吃吃笑著，「眞是難以拒絕，只要賣點我們的情報，就可以拿到很多還有一大筆錢，我怎麼可能會不要啊……」

「所以你是跟他們進貨的嗎？被抓到的那些人？」看著已經有點不對勁的同僚，玖深追問著：「他們的貨量太大了，是不是還有別的製造處或是別的製作者？」去抄現場時他們就發現了，成品太多，可見不是只有一處。

「這我就不知道了，我是直接跟他們老大交涉的，你們抓到的不過都只是些小角色，眞正進貨的人連碰都沒碰到。」簡今銓折斷了手上的菸，然後將未熄滅的菸枝往後一拋，「看在同事一場的份上，我可以告訴你們，那些煉毒的有分兩支，次級品的是想要獨佔而分出來的卒仔，雖然有向上面進原料，但是他們對主配方不熟，只能弄個大概，眞正在做的，就是賣給少荻家的人。」

「還眞謝謝你的情報。」

就在香菸落地的那瞬間，躺在床上的人猛地睜開眼睛，在簡今銓還沒反應過來、扣下扳機前，迅雷不及掩耳地將槍口壓下床角，砰地一聲槍枝走火，將子彈射在鋪墊中。

「老大！」玖深叫了聲，連忙把虞因推到桌底。

「拿去！」抽起枕頭下的錄音器拋給旁邊的鑑識員警，翻床起身之後，「虞夏」一拳揍在簡今銓的鼻子上，「你以爲我會忘記推我下來的是誰嗎！」

捂著冒出鼻血的臉，簡今銓吃痛地倒退了好幾步，拿著槍的那隻手因爲痛楚而顫動著，他瞪大眼睛錯愕地看著已經在床邊坐起的人，「你、你……虞佟……？不是，你是……」

看著對方陷入暫時混亂，身上手腳都紮著繃帶縫線的人露出了玩味似的蒼白笑容，「對啊，我是哪一個？你看，我不就是虞佟嗎？不過，你現在應該覺得我搞不好是虞夏吧？」

「不對，那時候明明是你……你是虞佟……對對，他有舊傷，根本不能追人上下樓，差點被你騙了……」像是要讓自己鎮定下來，簡今銓不斷喃喃叨唸，然後一步步向後退，接著鬆了房門的鎖，「去死吧，你們！」

幾乎就在同時，坐在床上的人翻倒了床鋪，擋在三人面前，隨之而來的是幾個打在上面的聲響。

槍聲還未停歇，簡今銓已經轉頭跑離了病房。

「找死！」

退開床鋪，正想追上去的人悶哼了一聲，捂著肩膀又蹲了下來。

「老大……真的是老大嗎？你傷口裂開了。」看著傷者已經開始冒出淡淡血色的背後綁帶，玖深緊張地拍了好幾下護士鈴。

「馬上回報中心調人來。」抓住玖深的領子，他搖晃地站起，接著才想到另一個人，「阿因呢？」

跟著轉過頭，才想說「不就在那邊」的玖深看見空無一人的桌底後，愣掉了。

「那個死小子！」

□

他嗅到濃濃的屍臭味。

從逃生梯一路向上，不知道是血還是什麼的液體沾滿了沿路階梯，像是在指引他往哪裡追人似的。

「唔……」虞因摀著鼻子，跌跌撞撞地跟著那些東西往上爬，隱約中他還可以聽到傳來的騷動聲和警車的聲音。

他看得到樓梯間的步伐，他知道那些東西一直沒有遠離，連同那兩個小孩在內，他們只是畏懼他身上掛著的東西，不敢靠近而已。

匆促的腳步聲很快就拉開和他的距離。

沒有多想，虞因直接拔下了那個怪異的護身符，丟在旁邊，「快去把他攔下來！」

那瞬間，他看見兩個小小的黑影一左一右，用極快的速度飛竄了上去，匡啷啷的幾個聲響之後，果然聽見上頭傳來悶哼，接著腳步放慢了。

他追著對方，最後追到醫院頂樓，敞開的鐵門外是黑夜的顏色，帶著點點的燈光與幾乎看不見的星光，站在頂樓陽台上的人像是在等著他，隨意地靠在圍牆邊，頭轉向外面不知道喃喃自語唸著什麼。

虞因隱約聽見了「到底他是誰」、「應該是佟吧」的話語。

他混亂了。

可能是藥物和突如其來的狀況，讓他有點錯亂。

「你跟廖義馬是同夥嗎？那時候就是你們兩個推人下去的嗎？」看著他腳邊纏著的那坨人體以及抓在他肩上咬的兩個小孩，虞因小心翼翼地逐步走向前，然後在一個距離外停了下來，盡量不再去刺激他，以免意外。

在他踏上頂樓時，四周黑暗的影子抽動著，接著黑影驟起，十多條的黑影站立在圍牆邊，像是在欣賞什麼好戲一樣，露出了愉快的紅色笑容。

「阿義那時是想救他。」簡今銓轉過頭笑著，又點燃了根菸，紅色火光在夜中特別明顯，「那個傻子，我明明跟他說好我先上去打個招呼，結果他不知道哪根筋不對，搞錯時間衝上來，讓那堆笨蛋的頭以爲我們在搞他，所以自行逃跑，才會被虞佟堵到。我其實也不是眞的想要殺死他，那個頭被追到時，把槍丟給我，要我開槍，沒想到他就站在虞佟後面……

開了槍之後，他自己腦袋也跟著開花了，就這樣摔下去……」

「那時候他第一反應應該是衝去救人，你也乾脆一不做二不休直接把他也推出去，廖義馬是在之後上來的，抓住他之後也來不及了，對吧。」差不多可以猜到當天狀況的虞因冷冷說著：「眞虧你幹得出這些事，不管是我大爸還是二爸，都已經跟你們認識那麼久了，應該對你們也算不錯啊。」

「你想得太簡單了，這個世界會對人不錯的就只有錢，我們幹這行幹到苦哈哈，人民保母是什麼？百姓不配合，只要有民代、立委撐腰，不管他是殺人還是作奸犯科，就算是他今天開車飆到破錶，撞爛警車，關係一搬出來，人民保母還是一樣得低頭謝罪，這個工作早就失去意義了。像我們這樣領個幾萬，做到上面罵下面幹，到頭來治安也搞不出個屁，那麼努力幹什麼……像虞夏那種傻子才會硬拚，有錢收又有好處拿，幹嘛要跟自己過不去。」看著虞因，簡今銓怪笑了起來，「別告訴我你沒有闖過紅燈、超速和躲過交警，每個人都說是小事小事，於是警察也變得微不足道，抓到就跟同學輪番幹譙，不抓又說警察不幹事，不就只是這樣而已嗎……這個爛工作。」

「你說的只是少數，不要以偏概全。」

「如果是少數，像虞夏那種人早就應該不知道升到哪邊去了，爲什麼現在還在幹這種低層小隊長，我們局長幹嘛一天到晚都要胃痛，上面幹嘛一天到晚都要來釘我們！我告訴你，這個社會已經爛了，生小孩的不教小孩、執法的沒辦法眞正執法，沒救了，再過幾年就全爛了，以後殺人強姦都無罪了！」舉起槍，簡今銓對著虞因的腳下開了槍，迫使他倒退一步，「我都不知道我當初爲什麼要來維護社會治安，現在拿錢不管事多輕鬆啊……把手放在頭上！過去！」

虞因瞪著眼前的人，依言把手放在腦後，慢慢移動腳步，被對方迫到了女兒牆旁。

「至少我二爸並沒有違背自己的良心，我大爸也沒有，玖深哥還有黎大哥他們也沒有。他們做著自己的工作，不用像你一樣，被揭穿後只想著要怎樣做更多壞事去圓謊，你就像自己說的那些人一樣，只是說得憤慨激昂的爛人而已。」他說完的同時，突然一股劇痛從額側爆開來，接著視線整個發黑模糊，人也半倒在牆邊。

「隨便你要怎麼說，我也豁出去了，現在就從你開始。」赤紅著一雙眼，簡今銓拽住倒在地上的虞因，將他拖起來往牆外推，「接著是姜正弘、虞夏、玖深，你說的那些幹自己事情的人，我全部都會拉下來一起作伴！」

掙扎著而看到牆外地面的那瞬間，虞因像是再次看見了夏天民宿的牆邊，無數的黑影站在外面，青色的眼睛從下方看著他、等著他的那一幕。

「渾蛋——」可能是火大的關係，虞因翻過身，背部抵著牆壁，也掐住了簡今銓的脖子，要把對方給扭下去。

「找死！」簡今銓抬起手，朝著他的腦袋就要扣下扳機。

槍聲響起——

不過，那發子彈不是打在虞因身上，槍響時，簡今銓被人用重力撲到旁邊去，接著槍枝飛到了一旁，旋了好幾圈之後撞上牆角才停了下來。

撲在簡今銓身上的玖深翻起身，爬了幾次卻一直摔回地上。他喘著氣，看見自己腹部原本就不怎麼乾淨的衣服上出現了十元般大小的紅色，接著像是廉價染料般，不斷地往外擴散開來。

摔在地板上的簡今銓一時半刻也爬不起來，同樣的顏色出現在他的後腦勺，他掙扎了幾次之後罵起了髒話。

虞因就跌坐在牆角邊，他很想去扶起玖深，趕快叫醫生來，但是他完全沒辦法動作，像是四肢都被釘在原地一樣，連聲音都發不出來。

一隻焦黑的手掐住他的脖子，他的四周被滿滿的黑影包圍著，紅色的嘴中散出了焦臭的氣味，青色的眼睛全都注視著他。

黑色而扭曲的手指逐漸陷入他的皮膚裡，迸流出一滴鮮血。

他不甘心，他真的很不甘心，就算因爲他管太多閒事而有這種下場，他還是絕對不甘心，他並沒有做錯也不會後悔，如果再來一次，他仍然會這樣做，但是他絕對不會再同情這些東西。

□

屬於阿方的手機突然唱起了歌。

站在他面前的焦黑人體突然震動了一下，像是被什麼吸引似地，它緩緩伸出另一隻手，從虞因的身上抓出了那支手機。

電話被接通的那瞬間，虞因聽見很熟悉的聲音，就從話筒那邊清清楚楚地傳來——

「你們出局了。」

一太的聲音依然淡到不可思議，說得對方好像只是玩遊戲不小心被淘汰一樣。

但是很顯然地他的遊戲並沒有那麼輕鬆。

話語落定瞬間，幾乎所有的黑影都發出淒厲的尖叫，包括虞因眼前那個，他甚至可以看見那張紅色的嘴裡充滿了驚恐。

接著不知道是從哪一個開始的，轟然聲響後，大火從焦屍裡噴了出來，眼眶、鼻子、嘴巴，甚至是已經扭曲的皮膚中都有火焰衝出，猛烈的火勢只花了短短幾秒，就把黑影吞噬得連灰都不剩。

他坐在那邊，就像看到一齣滑稽的恐怖片，原本包圍他的黑影全都像是被打散的老鼠一樣四處衝撞，但是怎樣都躲不過從身體裡噴出的大火。他就在原地看著焦黑的形體發出淒厲的哀號，打滾、掙扎著，直到連最後一根手指都被燃燒殆盡。

眨眼瞬間，空氣中只剩下燒灼的氣味。

大火過後，他看見玖深仍躺在地上不斷喘著氣，一直想爬起來又一直再摔回地上，紅色的血印得身邊到處都是，直到他力量全失再也爬不起來。

醫院外滿是警笛聲。

顫抖著手指，其實沒有那麼快可以平復情緒的虞因拾起掉在地上的手機，他現在才聽見從手機那端傳來的轟轟火焰聲，怎樣都覺得那邊的火勢肯定不是燒金紙那種規模的簡單，「一太……？」

「不是要你待在小海那邊嗎。」疲憊的聲音從電話那端傳來，帶著淡定和一點抱怨，「我好累，剩下的回去再說。」

「等——」

還沒來得及多講，虞因只聽到斷線的嘟嘟聲，他嘆了口氣，小心翼翼收起了手機，然後搖搖晃晃地過去扶起玖深，「玖深哥你忍一下，醫生馬上就來了。」他聽見有人往上跑的吵雜聲，數量不少，應該是聽見槍聲之後，大家都趕來了。

「我這輩子……沒有像今天這麼衰過……超痛……」玖深衝著他一笑，咳出了血花。

「放心，我經常都在痛，痛久就習慣了。」用過來人的經驗輕鬆回笑著，虞因卻努力地按著在冒血的那個洞，很怕那麼近的距離醫生還是會來不及。

玖深笑了笑，正想回他不要那麼緊張、死不了之類的話時，猛地瞠大眼睛，「阿因！小心——」

還沒反應過來對方的示警，虞因只覺得後腦勺一陣爆痛，整個身體突然被強悍的力道給拽了起來，連拖帶拉地把他甩上了牆邊。

他看見簡今銓失去理智般地大笑，曾經見過多次的臉整個扭曲猙獰，紅色的血在他臉上模糊成一片，在黑夜裡就像是另一個世界的生物，「陪我下地獄吧！」

根本來不及抵抗，虞因只感覺到身體整個騰空顛倒，接著人就被推出了牆外。瞬間他只能下意識地兩手抓住了那堵牆，撞上壁面後，他才驚覺整個人已經騰空，腳下看見的是十多層樓高的夜景，還有包圍醫院的大群警車閃爍的紅藍燈光。

簡今銓並沒有來得及做下一個動作，不知道何時趕上來的黎子泓和嚴司兩人，協力將他壓制在地面上。

「阿因！不要放手！」感覺簡今銓用極大力氣掙脫的嚴司，不得不再出力壓著人，他知道只要讓這傢伙一跑，很可能會再危害別人性命，「給我撐個十秒就好！」

「你來試看看——」

瞬間，虞因噤聲了。

他看見那兩個小孩就蹲在牆上，腐爛的面孔對他露出了猙獰的笑。

雖然聲音非常慢，但是他的確聽見了。

——你不是——要死了——為什麼——不下來——陪我們——？

那一秒，他終於知道為什麼這兩個小孩會一直跟在他身邊了。

半腐的小小手指抓住了他攀在牆上的手，冰冷無溫的觸感直接逼入他的感知當中，一人一手地開始扳著他的手指。

「滾開——！」他感到一種憤怒。

他真的不應該相信他們。

然後，一隻手穿透了開始模糊的小孩身影，抓住他的左手腕，「死小子！不要放手！」

虞夏的臉出現在他的視線裡，帶著不健康的蒼白和想揍他的表情抓住了他的手，接著另一張虞夏的臉出現在另一邊，握住了他的右手。

「阿因，上來吧。」

屬於虞佟的微笑出現在這幾天一直假扮虞夏的人臉上。

「好……」正想自己使力往上，但是一用力，虞因突然發現有更大力量抓住自己的腳，他一個踉蹌，人又下滑了好幾公分。

同樣發現這種異常的虞佟和虞夏，連忙伸出雙手抓住他。

慢慢地低下頭，虞因看見那兩個小孩抓住他的腳，對著他笑。

——好寂寞喔——你陪我們——大哥哥——快去死——

「給我適可而止！」覺得自己快抓狂的虞因踢了兩下，都踹不到腳上的東西。

虞佟和虞夏交換了一眼，兩個人雙雙使出更大的力氣，雖然稍微把虞因拉起來了一點，但是某種怪異的力量又將他向下拖，像是有什麼死命地咬著不放。

「槍……開槍……」有過經驗的虞夏丟出了話。

覺得自己的腳快被拉斷了，虞因又多踢了兩下，還是沒踢到。幾秒後他發現他的身體開始慢慢往外被拉出個怪異的角度，外人看起來肯定是正微微飄浮著。

不知道是誰把槍丟過來，接住的虞佟還未開槍，某種尖叫聲突然從半空中傳來。屋頂上的人全都抬起頭錯愕地看向他們這邊。

剎那間，虞因的腳突然被鬆開了，他整個人在失去平衡下，狠狠撞上外牆，腦袋跟著七葷八素，不知道發生了什麼事。

接著，第三隻手從虞夏、虞佟兩兄弟中間伸了出來，拉住了虞因的領子和衣服，「幹！你們掛在這邊很爽嗎！快點把人拉上來啦！」

他朝上看，看到小海憤怒的臉孔。

然後，虞因笑了出來。

□

其實他笑的時間並不久。

一被拉上來踏到地之後，小海一記鐵巴掌直接搧上來，差點又把他給打飛出去，「幹！還笑！給我跪下！你娘的，恁祖嬤我不是叫你不要給我亂跑嗎！你跑個屁！他媽的老娘第一次看到像你這麼白目的傢伙，叫你乖乖待著，你給我跑去跳樓，害我還被我哥罵！你是上輩子當祖先牌位時被老娘的香戳穿了，所以來找我復仇是不是——」

那時候虞因不知道自己爲什麼會眞的那麼聽話，眞的馬上下跪給她罵，有可能是少女的氣勢與連串劈里啪啦的髒話實在太驚人，全場的醫生員警等人，都被她的怒吼聲嚇得一愣一愣，原本在幫玖深做緊急治療的醫生，還被嚇到手上器具都掉了下來仍不敢動。

髒話至少持續了兩分鐘之久，直到被猛然回過神的虞佟苦笑著拉開，她才沒有把穿著高跟馬靴的腳往他頭上招呼。

「媽的，你們兩個又是誰！這麼晚了，小弟弟還不睡在這裡逛什麼大街！」

四周員警馬上屏住呼吸，完全不敢動作。

虞佟還是微笑著，只不過扣著人的手勁有點加強，讓小海發出了一點痛呼停下了罵聲。

「小妹妹，『警察叔叔』是那個白目阿因的爸爸，另外一位是他的乾爸。」

他知道虞夏沒有撲上來是因爲他不打普通女人。

「他……爸？」小海終於停下掙扎，然後慢慢地轉過頭，看著笑容可掬的虞佟和一臉想殺人再虐屍的虞夏，「屁！你們看起來比較像他弟！」

虞因捂著臉，蹲在角落淚了。

看到四周員警的表情非常不對勁，小海眨眨眼，頓了幾秒後才開口：「……親生的？」

「有戶口名簿的喔。」虞佟仍笑得和藹可親。

蹲在旁邊休息的嚴司終於忍不住大笑出來，還笑到差點打滾，接著被有氣無處發的虞夏踹了幾腳，死在旁邊。

對方鬆手後，小海立即退開了好幾步，「喔哈哈，一切都是誤會，老娘……喔，我是受朋友之託來的，既然沒事的話我要回去上班了，條杯杯，接下來就沒我的事情了，你們辦案加油喔。」

虞佟用非常、極度親切的微笑拍拍她的肩膀，「請到旁邊做筆錄。」

「……幹。」

小海臭著臉，被一旁的員警領開了。

轉過頭，虞佟蹲在自己兒子前面，輕輕拍了拍他的頭，「阿因，這陣子辛苦你了……」

死死瞪著虞佟和虞夏，在看見他們兩個都沒事之後，虞因才發出了有點哽咽的聲音：

「可惡！沒事的話不要嚇人……」眞的會被他們嚇死，尤其是沒搞清楚誰是誰的時候。

他雖然隱隱約約感覺到沒受傷的應該是他老爹，但是表現出來的又不像，讓他滿腦子都是疑問，加上醫院的病歷也寫著虞佟的名字，整個混亂起來。

「夏他斷了三根骨頭還有脫臼，診斷後有腦震盪，加上幾處大小創傷與槍傷，在今天之前一直沒有很清醒，雖然有點意識，但是連話都說不出來。」看著已經倒在旁邊讓醫生治療的兄弟，虞佟無奈地嘆了口氣。

哪有人傷得這麼重還可以跳起來打人的……醫生明明說起碼要一週才可以下床活動……

「可是你跟二爸身上的舊傷？」指著他們身上那些自己也熟悉的舊傷痕，虞因還是滿頭問號。

「這要感謝我咧。」被晾在旁邊的嚴司很歡樂地滾了過來，然後拉高虞佟的衣服，隨便抓了個舊傷一扯——那道傷痕居然直接被扯了下來，「我有個學妹很會做特效妝，大師級的喔！」要不是因爲這次有特殊原因，他可能也很難見到他那幾乎不在國內的學妹。

惡狠狠地瞪著可能一開始就知道眞相的嚴司，虞因送了他一根中指。

輕輕咳了聲，虞佟稍微解釋了下，「夏當時抓住了一些住戶的圍牆和遮雨棚，多了不少緩衝，摔下來時撞在車頂上沒有直接撞擊地面，大半的衝擊力都轉被車子吸收掉了，所以傷勢意外地並不到致命的地步，連醫生都說他非常幸運。」

「所以武林高手眞的不是我們這種凡夫俗子可以比擬的。」嚴司在旁邊附註補充，接著被後面的虞夏抬起腳踢開。

「至於我……」虞佟拉高褲管，露出了用彈性繃帶包住的腳，「偶爾還是能衝的。」這是嚴司幫他做的暫時支撐，可以頂過一些時間，足以讓其他人看不出端倪了。

被架在旁邊的簡今銓不可置信地看著他們，「不可能……你怎麼會有老大的身手……」這幾天的相處他都看在眼裡，包括對廖義馬奪槍那幕，那應該只有虞夏才做得到！

起初他們也覺得怪怪的，但是觀察過又認爲是自己搞錯，沒想到還是被擺了一道。

他無法置信，爲什麼可以頂替得這麼好。

「你以爲，平常陪夏做練習的是誰？」

虞佟微笑的話讓四周所有同僚都感覺到冷颼颼的寒氣。

好、好黑啊，眞是太黑了……

「你們從什麼時候開始懷疑我的？」他最後只有這個疑問。

虞夏枕邊的錄音器早就準備好了，很有可能玖深當時也是在套他話，這些人除了廖義馬外同時也懷疑他，否則虞夏不會在那時突然醒來……該說他早就醒了，只是在等他來。

如果說之前虞夏的意識都不太清楚，沒有說出是他，那麼他們為什麼會抓到他？

「一開始。」看著簡今銓，露出苦笑的虞佟這樣說著：「鑑識科測試過，無線電沒有壞掉，那麼如果不是壞掉，就是兩個人都有問題。」

簡今銓大笑了。

然後，事件陸續落幕。

□

這件事被警方全數壓下。

後來媒體只報導出一些無關緊要的事情，除了他們部分人知道以外，並沒有渲染開來，雖然知道內有隱情，但是無從得知的記者們仍舊拚了命想靠關係打探。

當然，這就不是他們負責的範圍了。

躺在病房，起碼有兩個月可以休假的虞夏轉著電視頻道，看著上面的新聞，犯罪率不會因爲他們住院而減少。

「老大，可以看點別的嗎？」

很倒楣同病房的玖深已經跟著他連續看了快三天的新聞，從無線台看到有線台，從第一台看到第一百台，眼淚都快噴出來了，「給我卡通吧，卡通啊……探索頻道我也可以接受……拜託不要再看工作了……」他在住院耶，讓他暫時脫離一下和工作相關的事情吧。

他想看動畫啊……斬魄刀叛變結果他還不曉得啊……

可惡，他自費、自費去住單人房行不行啊，住雙人房他一點都不習慣啊——

虞夏一記凶狠的目光殺來，把人瞪石化後，轉過頭繼續看他的新聞。

在玖深悲傷地打開某檢察官借他的PSP後，病房的門被人輕輕打開了，握著門把的嚴司旋即走進來，「呦，探病喔。」他讓開身，讓後面的虞因也進門。

「二爸、玖深哥。」其實也是來拆線的虞因把手上的點心盒放在旁邊的小桌上。

「小聿呢？」沒看到另一個人，玖深好奇地發問。

「寄在大檢察官那邊。」嚴司笑了笑，回答他的問題，然後逕自拉了椅子在旁邊坐下，「我前室友今天休假帶他去書局，你們有聽說進度了嗎？」

虞夏看了他一眼，「還問不出來嗎？」

那天之後，廖義馬和簡今銓同時被扣押，由局長高層親自負責偵訊，同樣是關係人的虞佟等負責協助。

廖義馬承認他們兩個當天的報告都是造假的，一開始是簡今銓上去和目標物打招呼，他因爲借了虞夏的錶而誤判時間——他以爲虞夏的錶有調快，所以把指針往後推了，但是那天虞夏在借給他時就已經調整過，所以時間錯了。

上了六樓要警告他們時，目標物以爲被耍，和簡今銓起了爭執，那時候推撞到他、撞掉了錶，錶面玻璃掉落在沙發下找不到，同時虞夏衝了上來的無線電也驚擾他們。

當場很緊張的目標物直接想從頂樓逃逸，把簡今銓跟廖義馬丟在六樓後衝出逃生梯，撞上了虞夏，兩個人就跑上頂樓。

簡今銓隨後跟了上去，他則是在找不到錶面玻璃後，情急之下把海報扯下來，希望先轉移警方的注意力，等事後再偷偷將東西找回來。

沒多久，頂樓傳來槍聲，等到他追上去時只看到簡今銓把人推下去，他也來不及救人。

「你們說要收集當天衣服的時候我很緊張，因爲上面有阿夏的血，所以我拿了同樣的衣服頂替。」廖義馬這樣自白著，「從頭到尾，不管是阿夏還是玖深，我都不打算害他們。」

他只是缺了一大筆錢。

因爲他老婆娘家出事，等著一筆錢去救命，搭檔的簡今銓知道這件事，告訴他只要幫忙幾次，就可以有他足夠的錢。

所以他寫了辭職信，卻沒想到會弄成這樣。

「他知道玖深被攻擊時一直想向他示警，不過因爲你們已經懷疑他了，他只好自己私下去找玖深，不過約出來陽台時就被簡今銓打昏，簡今銓以爲他是在幫忙要把玖深封口。」嚴司看著正要拆點心盒的鑑識員警，聳聳肩，「本來簡今銓是要把玖深種掉，阿義討去處理，想說載著你繞過一天甩開簡今銓，再把你先放到旅館避避，結果你自己跑了出來。」

根本不想知道自己要被種去哪裡的玖深抖了一下，下意識摸了摸脖子上的傷痕，「這還眞是錯怪他了……」只是能不能不要把他放在後車箱！一般人都會被嚇到逃走啊！

「會趕來醫院應該也是因爲他知道姜正弘醒來，怕簡今銓對人不利吧。」對於相交多年的同僚，虞夏還是有一定程度的了解，「嘖，如果是我的話，一定早就知道他在搞什麼。」

雖然虞佟頂替了他的工作，但是畢竟虞佟不是他，有些事情換個人，結果就會不一樣。

「或許吧，不過我不認為你可以制止簡今銓……基本上，他的精神狀況處在亢奮不清的狀態，到現在還沒有辦法正常問話。我懷疑是那玩意的效果，出現的暴力傾向是很標準的長期上癮徵兆，很有可能也是因此，才會殺人。」研究過毒癮共同點的嚴司思考著他們經手的所有部分，不管是小聿的家、四樓、民宿，還有最早之前有山貓那件的案子都是，接觸過香的人都出現一樣的行為。

他們懷疑其實這東西已經滲透了，在眾多的暴力案件中說不定就有受害者，只是沒被注意到而已。

「小聿說的賣香人，是王鴻的爸爸。」站在一旁的虞因輕聲說著，大家視線瞬間都集中到他身上。「王鴻的電子遊樂場……冷氣裡不是也有嗎，你們會去查吧，他已經回來了。」

他不知道對方究竟在想什麼，但是虞因隱隱約約知道一件事——

說不定，終結一切的時間快到了。

「他跑不掉的。」

虞夏冷冷地打破了窒息的空氣，像是在宣告著什麼，「絕對。」

「當然跑不掉，我們才不會讓他跑咧。」玖深支著下顎，微笑。

因爲這就是他們的工作。

看著自家小孩，虞夏按掉了正在播報哪邊有浮屍的電視新聞，「阿因，我只是不想講太多……你如果以爲自己很容易死掉，就隨隨便便拿生命去開玩笑而不跟任何人商量……再給我做一次這樣的事，你看我會不會放過你。」

之後，從其他人談話中陸續拼出一些事，讓他有點火光。

虞因第一次覺得這張娃娃臉其實比任何人都成熟得要命，「對不起，我知道了。」

「被圍毆的同學，生命寶貴啊，就算快死也有解決方法，人生要積極點，眞的沒有人可以傾訴，嚴老師專線也等你打啊。」嚴司皮皮地對他眨了眼，「一分鐘二十元，等你喔。」

「……我死也不會打。」

「我比較有良心，十五元就好了。」很想賺外快的玖深連忙跟進。

「你們兩個去吃屎吧。」

虞因決定把他們的號碼從手機刪除，誰知道下次撥通後會不會變成國際付費。

「唉唉，你眞小氣耶。」

某法醫跟鑑識員警對望了一眼，笑了起來。

再度打開電視，虞夏咬著塊蛋糕半躺了下來，他想了想，按了下遙控，換了頻道。

「啊，假面騎士耶！」

玖深歡樂了。

「我和湯正維是在高中認識的。」

一週後，在大部分事情解決之後，姜正弘讓人推著輪椅來到虞夏和玖深的雙人病房這樣追述著。

當天在場的包括抽空前來的黎子泓和坐在旁邊的虞佟，「一開始我們還眞的以爲我們有可能是雙胞胎，但是經過多方面的確認後證實眞的不是，我們只是湊巧長得很像的陌生人……不過我們還是覺得我們應該是兄弟，所以從畢業到工作幾乎都在一起，所有人也都認爲我們是親兄弟。」

「正維個性很衝、很直接，看我公司老闆很差，就拖著我到現在的店。但是他自己卻染上毒品，欠下了龐大的債務，很長一段時間我怎樣勸他，他都戒不掉，脾氣也越來越暴躁，甚至出現了暴力傾向。他很怕對自己父母出手，所以住到我這邊，出去遊蕩時，就會去偷些東西來吃用，然後反覆躲著追債的人。那天他過馬路時恍神了，被車重重撞了一下，當時他自己沒感到異狀，回家之後卻不斷吐血抽搐，在死前終於清醒過來，交代我一定要照顧好他的父母……接下來的竊案就是你們猜測的那樣。」

話很短，聽起來其實是挑重點說，不過也已經夠清楚了。

「……屍體呢？」黎子泓環著手，問道。

「我通知他父母之後得到同意，就聯絡了些關係把他火化了，骨灰在我家天花板上，當初他用的菸毒也都放在一起，我知道有一天這些東西還是必須報案的。」

「奇怪。」在談話停止後，虞佟看了對方一眼，「你中槍後我們搜過你家，包括天花板，但是沒有看到任何東西，更別說是骨灰那種不算小的物品。」

偏著頭想了一下，姜正弘嘆了口氣，有點無奈，「正維非常厭惡警察，我想這次你們去應該就找得到了。」

半信半疑地，虞佟撥了通電話讓人前往。

大約半個小時後，警局同事回報，真的在天花板中起出了骨灰罈和一些細菸、毒品，與姜正弘所說的完全一致。

「關於這件事，也得請你再配合了。」黎子泓看著他，淡淡地說。

「請保證兩位長輩的安全，剩下的我都會說，包括現在道上有哪些人持有這些東西，我私下查到的事都可以告訴你們，只要找出那個源頭……對死掉的人有交代就好了。」看著一室的人，其實也只相信他們的姜正弘說著：「除了你們，我不會對其他人透露任何情報，就這樣。」

「好，案子我接手。」也非常乾脆的黎子泓直接回應對方，「等虞夏傷好之後，就交由他們繼續偵辦。」

「謝謝。」

於是，姜正弘離開了。

轉頭看向還在住院的玖深和虞夏兩人，黎子泓淡淡地勾了下唇角，「出院之後，也請你們繼續辛苦了。」

他不是站在最前面的人，所以他只能這樣說。

「廢話，不就是我的工作嘛。」虞夏揚揚手，把忙於工作的人送走了。

偌大的雙人病房一下子訪客全走光了，整個空間突然安靜下來。

「兩位槍傷在身的，起碼還要多住兩個禮拜才能決定是否能夠出院喔。」拿出了同事們送來的高級蘋果，虞佟用水果刀削下了超完美的薄皮。

很怕刀直接插到他們身上，本來想著要提早出院的玖深和虞夏，同時噤了聲不敢說話。

「對了，玖深，你是什麼時候發現我不是夏的？」將大蘋果切片分成兩份之後，虞佟隨口問著，除了一開始看過病歷的嚴司之外，他注意到玖深是第二個識破的人。

「喔、也算是剛開始吧……？就是我不想去有不科學東西公寓時，被你掐脖子，我看見你有隻眼睛帶著隱形眼鏡，雖然之後拿掉了，可是老大是不用那個的，他說過寧願近視到死也不要戴那種會連眼角膜都黏起來的東西。」玖深抓抓頭，有點尷尬地笑了笑。

「嘖，果然是鑑識的。」

幾個人同時笑了。

他們的事件，就這樣暫時落幕。

□

虞因再度見到一太，是一個月之後的事了。

事情解決後沒幾天，方苡薰來找過他，說死相已經沒有了，他可以暫時安心，但還是不要亂搞之類的話就揚長而去，離開前不忘把那條奇怪的護身符丟給他，要他帶著不要離身。

在那之後，小聿也沒有表示什麼，他們兩個相安無事，表面上就像平常一樣毫無風波。

大學下課後，他朝在圖書館等他的小聿揮揮手。那些黑影跟小孩不見後，他突然又什麼都看不到了，就算看到也是偶爾，恢復到他先前跳針眼的狀態。

「下午茶……」站在圖書館前等他的小聿拿出了一張夾報傳單，上面寫著附近開了一家新的點心屋，果凍布丁蛋糕無限量提供，他們把這張含有折價券的單子貼在冰箱上很久了，才約好今天下課要繞過去吃。

「吃到飽！走吧！」正要搭著人出發時，虞因遠遠就看見一太和阿方從校門另一邊走過，「你等我一下！」他連忙喊住他們。

那天過後，他就一直沒見到這個人，陸續從阿方那邊聽到他還是有上課，不過大多數時候是缺曠課的。

「這次……很謝謝你們。」

之後他才藉由新聞知道，南部當時也發生了大火，不知道是誰把那些乾屍和骨頭從太平間偷走，等到當地人發現時，屍骨已經全都被塞進黑色戲台，一把火燒光了，因為現場留有大量的易燃物與汽油，所以烈火整整燒了一天一夜。火熄之後一開挖，屍骨連灰都不剩，什麼都沒有，只剩下一座毀壞的戲台遺跡。

直到現在，當地警方還是找不出凶手，也不知為什麼凶手要這樣做。

他們心照不宣。

「小事，不用客氣。」一太淡淡微笑著，「我說過，禮尚往來而已。」

一旁的阿方乾笑了兩聲，似乎對於這句話很有體認。

「我和小聿要去吃東西，介不介意一起過來，我請客，也算是謝謝你們。」虞因衝著他們感激地笑，「還有欠小海一頓大餐，她說要去吃上閣屋。」眞的好貴啊……

「那我們就不客氣了，你們先去牽車吧，等等校門口見。」也很隨和的一太接受了邀請，然後約了會合點。

「好！」虞因愉快地往回跑去。

遠遠地，看見他們的小聿勾了勾唇，然後朝站在校門邊那兩個人微微躬了身。

在虞因跑離後，阿方才轉過去看著自己的朋友，繼續他們剛剛停下的步伐，「前面有階梯，小心點。」

「嗯。」

背後，虞因和小聿站在一起，兩個人相偕往停車場走去，「這家算不錯耶，都沒有限制用餐時間，不過一個人四百塊眞的有點貴……記得要拿出你的肚子吃夠本……」

校門外，一輛黑色房車看著這一切。

直到兩組學生各自消失在視線中，他才慢慢關上了車窗，將外面的空氣和裡面斷絕。

坐在豪華房車後座的人吩咐司機發動車輛，然後把玩著手上的戒指，露出了冰冷的笑。

似乎感受到後座氣息的司機稍稍吞了口口水，鎭定地駛著車子滑出車道，他的工作不是注意主人想做些什麼，他只負責運送，所以他沒有聽見後座的人正喃喃唸著的話語。

即使，那聲音在安靜的空間裡大得出奇。

「還沒完……我們走著瞧吧。」

《全文完》

【因與聿小劇場】

護玄 繪

感想

不知不覺間，因與聿的進行都兩年多了，如今也即將完結。
因為這個故事認識了很多人，也發生很多有趣的事……
真的有警察杯杯來找！
在此感謝大家一直以來的支持與鼓勵。
還有辛苦的編輯
超漂亮的畫者
親友與家人
最後，敬祝天下的警察杯杯們與所有職場上辛苦的工作者們，永遠的平安、幸福。
安全第一最重要

好感

在中後期出現的小海是阿方的小妹，掌權中班經理的女強人。
把人類煎煮炒炸
樣樣精通
其實才十七歲→
這次謝謝妳的幫忙，說好要請妳的大餐哪時候有空？
有點怕→
……
大餐可免，但是要告訴老娘你老子的所有喜好！
包括三圍
生日
咦!?

她喜歡有挑戰性的東西

消遣

鏡子
玖深你在幹什麼？
最近不科學的東西看太多了，我懷疑我被開天眼，要趕快找出來趁早治療……
不然拖久會很危險
鏡子
鏡子
我幫你挖掉好了。
那顆天眼
你們兩個在幹什麼啊……
嗚啊啊啊啊——
快住手！

住院太無聊了

國家圖書館出版品預行編目資料

雙生／護玄 著.——初版.——台北市：
蓋亞文化，2010.01
面； 公分.（因與聿案簿錄：7）
ISBN 978-986-6473-58-6（平裝）

857.7 98022170

悅讀館 RE127

因與聿案簿錄 七

雙生

作者／護玄
插畫／AKRU
封面設計／克里斯
出版社／蓋亞文化有限公司
地址◎ 台北市103承德路二段75巷35號1樓
電話◎（02）25585438 傳眞◎（02）25585439
部落格◎ gaeabooks.pixnet.net/blog
臉書◎ www.facebook.com/Gaeabooks
電子信箱◎ gaea@gaeabooks.com.tw
投稿信箱◎ editor@gaeabooks.com.tw
郵撥帳號◎ 19769541 戶名：蓋亞文化有限公司
法律顧問／宇達經貿法律事務所
總經銷／聯合發行股份有限公司
地址◎ 新北市新店區寶橋路二三五巷六弄六號二樓
電話◎（02）29178022 傳眞◎（02）29156275
港澳地區／一代匯集
地址◎ 九龍旺角塘尾道64號龍駒企業大廈10樓B&D室
電話◎（852）2783-8102 傳眞◎（852）2396-0050
初版十二刷／2022年11月
定價／新台幣 240 元
Printed in Taiwan

GAEA
ISBN／978-986-6473-58-6

Gaea

GAEA